# ...ET LE CIEL T'AIDERA

GÉRARD FRISON

# ...ET LE CIEL T'AIDERA

*Préface de Philippe de Dieuleveult*

ÉDITIONS FRANCE-EMPIRE
68, rue Jean-Jacques Rousseau - 75001 Paris

Photos de la couverture : Georges GARDET, Annecy/F. ROUJOU, D.S.C.



IMPRIMÉ EN FRANCE

*Ce livre est dédié à la mémoire des pilotes et des mécaniciens du Groupement aérien du ministère de l'Intérieur disparus en service commandé :*

*J. Dumas et R. Leberger (24 janvier 1960)*
*J. Wattebled (11 août 1963)*
*G. Chaillot (22 septembre 1965)*
*J. Sandoz (6 août 1967)*
*B. Humbert (9 novembre 1967)*
*R. Carcasses et R. Faugeron (4 juillet 1970)*
*D. Mougin et J. Fossier (25 juillet 1973)*
*A. Martinez (13 avril 1974)*
*M. Eluard (28 janvier 1977)*
*G. Berujeau et Y. Kohler (4 août 1983)*
*F. Schmidt et M. Lamousse (3 février 1984)*
*L. Rambaud, C. Dedebant et J.-L. Blanchard (22 avril 1985)*
*M. Brousse et C. Daussin (20 août 1985)*

# PRÉFACE

*Les gens qui me fascinent sont tous ceux qui ont une passion et quand cette passion est celle de leur métier, alors je suis sûr de pouvoir dialoguer avec eux, les comprendre. les aimer.*

*Ces gens-là vivent pleinement sans compter les heures, les difficultés, les fatigues et c'est tout au long des années qu'ils pourront parler, raconter, enrichir les autres de leurs expériences.*

*Leur métier est d'autant plus passionnant qu'ils vivent sans cesse entre la vie et la mort, la leur et celle des autres.*

*Un jour, ils risquent de ne plus voir le jour se lever mais le lendemain ils arrachent à la mort un être qui n'avait plus d'espoir.*

*Ces gens-là sont souvent au rendez-vous avant l'heure extrême et quand le sort a voulu qu'ils manquent ce rendez-vous, ils ne perdent jamais courage car leur métier n'a pas de fin.*

*Durant l'été 1984, j'ai partagé la vie de certains de ces sauveteurs pour un film intitulé : « En limite de puissance ». Ce sont bien ces mots que j'ai ressentis tout au long de ces opérations de sauvetage.*

*Ces gens-là sont des hommes sains, rarement les pieds*

*sur terre mais toujours la tête sur les épaules, sans cesse en limite de puissance.*

*Ils sont, ces « surhommes », ceux de la dernière chance, ceux que l'on embrasse quand le blessé revient vivant ; ou ceux que l'on regarde les yeux mouillés, un frisson dans le dos, quand le corps transporté est inerte.*

*Ces gens-là, qu'ils soient pilotes, mécaniciens-treuillistes, sauveteurs ou médecins, ont droit à la parole quand ils le désirent car avant tout ils sont heureux et les messages qu'ils donnent sont ceux de l'espoir, du combat.*

*Ces gens-là sont rarement remerciés mais qu'importe : ils savent qu'une femme, un père ou un enfant embrassant l'alpiniste ou le marin sauvés vaut bien tout l'or du monde.*

*Ces gens-là sont riches dans leur tête : ils sont fascinants.*

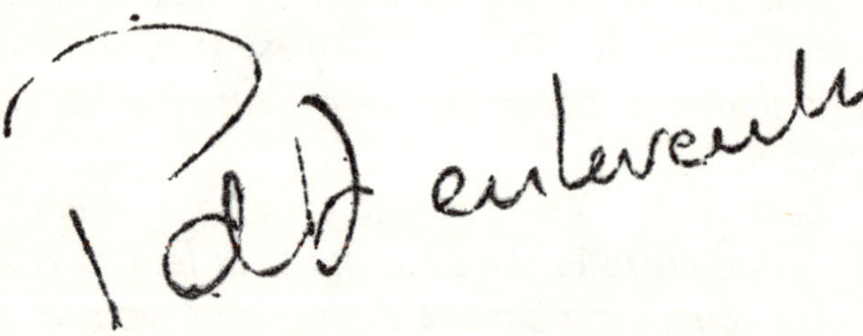

Paris, juillet 1985.

## AVANT-PROPOS

*« (...) Si la vie humaine n'a pas de prix, nous agissons toujours comme si quelque chose dépassait, en valeur, la vie humaine... Mais quoi ? ».*

Antoine de Saint-Exupéry « Vol de Nuit ».

Dans un monde où des dizaines de milliers d'êtres humains disparaissent chaque jour, par faits de guerre, pour cause de famine, dans des accidents et des attentats, victimes souvent innocentes de la cruauté et de l'indifférence, des hommes luttent et bravent le danger pour sauver, ici une vie, là plusieurs autres, au mépris, parfois, de leur propre sécurité, remplissant des missions qui vont bien plus loin que la seule manifestation de leur conscience professionnelle.

« La vie humaine n'a pas de prix » : tous les services qui participent aux secours ont fait de cette maxime leur règle d'or. Des témoignages ont paru, ici et là, qui rendaient compte de leurs activités. Mais ils étaient fragmentaires. En tout cas, pour ce qui concerne les équipages de la

Sécurité civile, rien, jusqu'ici, n'avait été tenté pour donner une vision globale de la diversité des tâches accomplies jour après jour.

C'est pourquoi ce livre se propose, au travers de l'anecdote, d'attirer l'attention sur le Groupement aérien du ministère de l'Intérieur (hélicoptères et avions bombardiers d'eau). Il est né de rencontres et d'entretiens avec des équipages qui racontent certaines de leurs missions ; qui font vivre leurs succès ou leurs échecs ; qui font partager leur satisfaction quand ils préservent des vies ou bien leurs regrets et leurs sentiments d'inachevé quand il n'y a plus rien à faire, sinon de transporter des corps inertes.

J'ai pû observer et interroger ces pilotes et ces mécaniciens de la Sécurité civile et me pénétrer de leur travail sur les bases de mer, de montagne et de plaine où chacun est comptable de l'autre et responsable dans une fonction à la fois délicate et passionnante.

Dans « Terre des Hommes », Saint-Exupéry a écrit :

« Etre homme, c'est précisément être responsable (...). C'est être fier d'une victoire que les camarades ont remportée. C'est sentir, en posant sa pierre, que l'on contribue à bâtir le monde ».

Leurs pierres, les équipages de la Sécurité civile les ont abondamment posées. Dans certains cas, malheureusement, au prix de leur vie, comme la dédicace de cet ouvrage le rappelle.

Mais avant d'aller plus loin, il est nécessaire de faire un retour en arrière.

De la Défense passive de 1939 devait naître, en 1951, le Service national de la Protection civile. Puis, en juillet 1975, l'appellation actuelle de Sécurité civile [1] à laquelle

---

1. Suivant les dates des missions rapportées ici, nous avons conservé les appellations de l'époque : Protection civile d'abord, puis Sécurité civile.

est rattaché le Groupement aérien du ministère de l'Intérieur (le G.A.M.I.) qui regroupe les bases pourvues d'un ou plusieurs hélicoptères et celle, à Marseille-Marignane, qui dispose d'avions bombardiers d'eau dévolus à la lutte contre les incendies de forêts. Ces bases, on en compte aujourd'hui une vingtaine.

C'est dans les années 50 que le secours aérien commença à prendre forme en France avec des pionniers comme le lieutenant-colonel Curie, les adjudants de Taddeo et Henry, qui avaient compris tout ce que ce merveilleux instrument qu'est l'hélicoptère pouvait apporter au sauvetage des personnes et des biens. La preuve en fut donnée en février 1953 lorsque des appareils français intervinrent en renfort — et avec succès — lors des grandes inondations aux Pays-Bas.

En 1955, le lieutenant-colonel Curie créait une section d'hélicoptères au sein du Service national de la Protection civile. Il devait en être le premier pilote, en compagnie du capitaine Gacoin. Dès cette année-là, la section avait l'occasion de s'illustrer, notamment en participant aux opérations de secours déclenchées pour venir en aide aux populations grecques victimes d'un meurtrier et dévastateur tremblement de terre.

Un an plus tard, en 1956, la première base hélicoptère de la Protection civile s'ouvrait à Paris, sur le terrain historique d'Issy-les-Moulineaux, là où se trouve aujourd'hui la Division technique du G.A.M.I. Fin 1956-début 1957, une tragédie de la montagne, celle de Vincendon et Henry dans le massif du Mont-Blanc, conduira les responsables français des secours à faire appel à des hélicoptères.

Des bases vont alors être installées un peu partout : Lorient et Grenoble en 1957 ; Perpignan en 1959 ; Clermont-Ferrand en 1960 ; Bordeaux, Nice et Pau en 1962 ; Quimper, Granville, La Rochelle et Marseille-Marignane

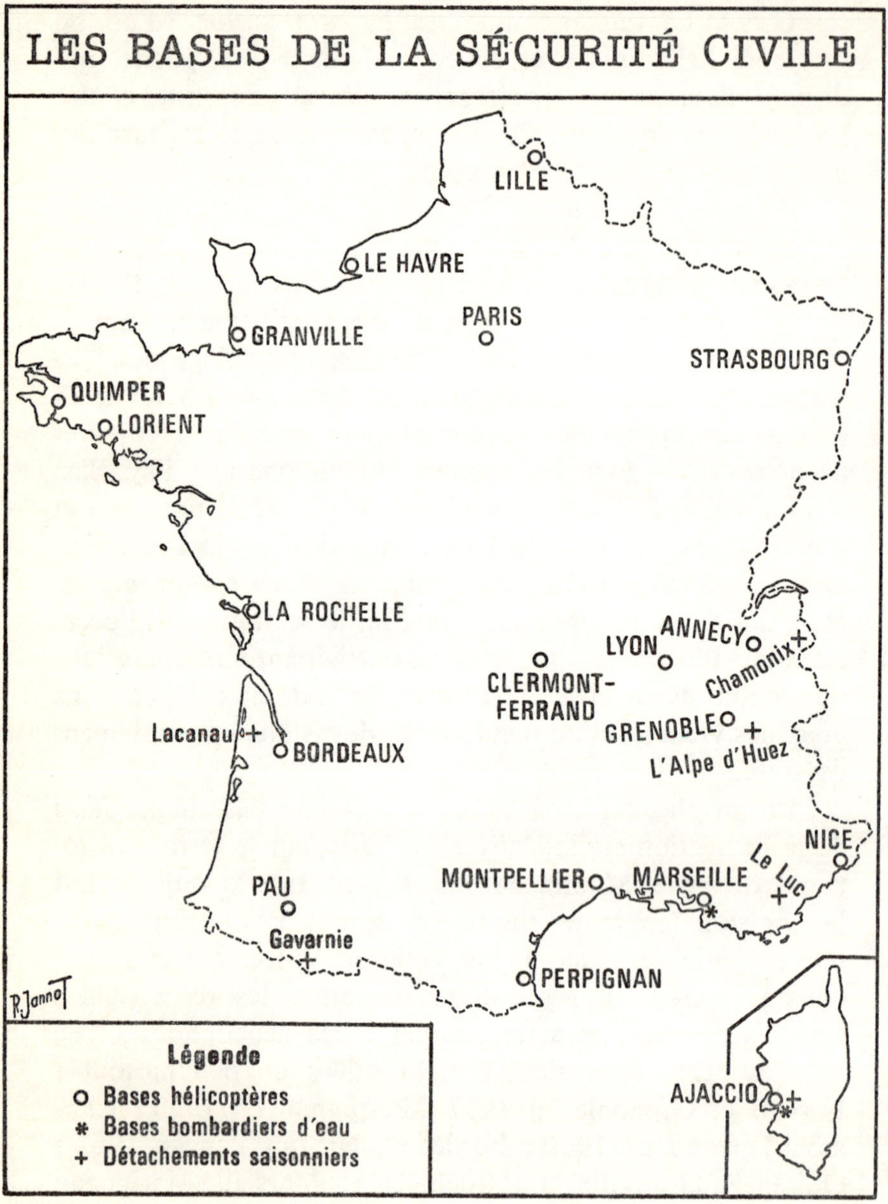
LES BASES DE LA SÉCURITÉ CIVILE
LILLE
LE HAVRE
PARIS
GRANVILLE
STRASBOURG
QUIMPER
LORIENT
LA ROCHELLE
ANNECY
LYON
Chamonix
CLERMONT-FERRAND
GRENOBLE
L'Alpe d'Huez
Lacanau
BORDEAUX
NICE
Le Luc
MONTPELLIER
MARSEILLE
PAU
Gavarnie
PERPIGNAN
R. Jannot
AJACCIO
Légende
Bases hélicoptères
Bases bombardiers d'eau
Détachements saisonniers

(avions et hélicoptères) en 1963 ; Annecy en 1964 ; Strasbourg en 1973 ; Ajaccio en 1975 ; Le Havre en 1977 ; Lille en 1978 ; Montpellier en 1979 et Lyon en 1982.

Après des machines américaines Bell 47 G2, puis la version améliorée Agusta-Bell 47 J3, ce sont des appareils français [2] produits par Sud-Aviation (devenue ensuite l'Aérospatiale) qui équiperont ces bases à partir de 1958 : Alouette II d'abord, puis Alouette III, qui permettront de vérifier rapidement le bien-fondé de la fameuse phrase d'Igor Sikorsky, le grand pilote et constructeur russo-américain : « L'hélicoptère est la seule invention humaine qui a sauvé plus de vies qu'elle n'en a coûté [3] ».

En 1963, la Protection civile fera l'acquisition d'hydravions porteurs d'eau Catalina pour la lutte contre les incendies de forêts, puis d'un premier avion léger pour le transport à longue distance de malades ou de blessés. En 1969, de nouveaux avions amphibies apparaîtront : les bombardiers d'eau Canadair spécialement adaptés aux combats contre le feu.

En 1983, le parc du Groupement aérien était composé de 53 appareils : onze Canadair CL.215, quatre DC.6, six Grumman Tracker (trois autres sont arrivés par la suite), soit 21 avions ; vingt-sept Alouette III, quatre Dauphin, un Ecureuil, soit 32 hélicoptères. Cette même année, l'activité aérienne totale représentait 16 000 heures. Les avions avaient volé 4 766 heures, effectué 1 896 missions dont 1 793 opérations de lutte contre des incendies de forêts (3 316 heures de vol) ; 795 feux avaient été combattus,

---

2. Voir le chapitre 1 : « Des hélicoptères et des hommes ».

3. Michel Aubert, chef de la base de Grenoble, m'a fait cette réflexion : « L'hélicoptère a transformé la technique du secours. Malheureusement, il a trop sécurisé les vacanciers et les adeptes des loisirs de mer et de montagne. Car il a un défaut important : donner en toutes circonstances une impression de facilité ».

51 000 tonnes d'eau déversées en 9 365 largages. Les Canadair avaient procédé à 7 434 écopages.

Les hélicoptères avaient volé 11 185 heures en 8 283 sorties dont 7 369 avaient permis de secourir 5 048 personnes (711 lors de sauvetages en montagne, et 133 au cours de sauvetages en mer).

En 1984 : 5 880 personnes secourues ; 5 104 missions de secours et sauvetage ; 2 317 transports interhospitaliers, tout cela au cours de 10 582 heures de vol pour les voilures tournantes. Et les avions totalisaient, eux, 4 391 heures de vol.

Ces chiffres situent bien l'importance prise par les moyens aériens de la Sécurité civile. Mais si, aujourd'hui, le passage d'un hélicoptère rouge ou d'un avion jaune est devenu habituel et presque familier, combien de nos concitoyens ainsi survolés — et qui devront peut-être un jour leur salut à ces « secours venus du ciel » — connaissent la somme de travail, de compétences techniques, de disponibilité, d'efforts déployés et de risques encourus pour sauver des vies et préserver des biens ?

Dresser non pas un bilan mais l'esquisse d'une « saga » du Groupement aérien : tel est le but de ce livre qui résulte d'une idée de René Romet, pilote à la base Sécurité civile d'Annecy-Meythet et président de l'A.P.G.A.M.I., c'est-à-dire l'Amicale des personnels du Groupement aérien du ministère de l'Intérieur.

Ce livre, voulu par les responsables de l'Amicale, nous l'avons nourri de récits authentiques d'aventures vécues recueillis auprès d'équipages et, parfois, de personnes secourues. Il n'a bien entendu aucune prétention technique, se contentant de privilégier les aspects anecdotiques, humains, voire cocasses, des missions relatées. Cependant, pour la bonne compréhension du lecteur, nous y avons inclus quelques explications nécessaires concernant les hommes, les appareils, les matériels employés et l'organisation du Groupement aérien.

Je dois à l'amitié de dire que j'ai été grandement aidé dans mes recherches et mes travaux, non seulement par René Romet mais aussi par Roger Colin, le chef de la base d'Annecy, par Noël Rivière, le secrétaire de l'A.P.G.A.M.I. et surtout par Francis Delafosse qui, dès le début, s'est passionné pour cette entreprise, donnant des renseignements techniques, suscitant dans les bases des entretiens qui ont abouti à bon nombre des chapitres de cet ouvrage, contrôlant et complétant éventuellement mes textes.

Mes remerciements vont également au capitaine Jean-Pierre Demercière, chef de la Division technique du Groupement aérien, pour sa précieuse contribution. Et naturellement à tous les pilotes et mécaniciens qui ont gentiment accepté que je les « passe à la question » et qui ont raconté certaines de leurs missions parmi les plus caractéristiques.

Il était évidemment impossible, dans ce cadre, de donner la parole à l'ensemble des membres du Groupement aérien. Mais que tous sachent bien que ce recueil de témoignages en forme d'hommage leur est dédié.

La vie humaine n'a pas de prix. Certes. Mais jusqu'où faut-il aller pour la sauver ? Tout au long de ces pages, on saisira l'état d'esprit et la motivation d'hommes qui ne se posent même pas la question.

Gérard FRISON,
Annecy, août 1985.

## 1

# DES HÉLICOPTÈRES ET DES HOMMES

### 1 — *Du Bell 47 G2 à l'Alouette II.*

Le 24 janvier 1960, un hélicoptère Bell 47 G2 aux couleurs du Service national de la Protection civile se maintient en vol stationnaire au-dessus d'un bateau en perdition sur la redoutable barre d'Etel, près de Lorient.

A l'aide d'une échelle de corde, son équipage tente de secourir les navigateurs en difficulté. Soudain, une vague plus importante que les autres soulève le bateau et, dans un bruit fracassant, le mât heurte les pales de l'hélicoptère.

Plus tard, on retrouvera les corps de J. Dumas et R. Leberger, le premier équipage disparu en service commandé.

* * *

Le Bell 47 G2 est le premier hélicoptère qui effectuera des missions de secours au sein de la Protection civile. L'équipage dispose alors d'une échelle de corde et de deux civières extérieures. C'est un appareil de fabrication américaine qui existe en plusieurs versions, notamment le G1 équipé d'un moteur Franklin et le G2 à moteur Lycoming 270 ch. Les deux pales principales sont en bois. Sa vitesse maximale est de 169 km/h.

Longueur hors tout : 13 m ; largeur : 2 m 88 ; hauteur : 2 m 83 ; masse à vide : 820 kg ; charge à l'élingue : 250 kg ; distance franchissable : 520 km.

Une autre version, le J3, pourvu d'un moteur Lycoming caréné de 340 ch, est affecté au Groupement à un seul exemplaire (en service d'abord à Quimper, puis à Bordeaux [1]).

Mais, compte tenu de l'évolution des missions, le Bell 47 G2 cédera rapidement la place à l'appareil français Alouette II qui sera affecté pour la première fois en 1959 à la base Protection civile de Grenoble, responsable à l'époque des secours dans le massif du Mont-Blanc (la base d'Annecy-Meythet n'existait pas encore).

Premier hélicoptère à turbine construit en série dans le monde, l'Alouette II est équipée d'un Turboméca Artouste de 406 ch (ou, selon la version, d'un Turboméca Astazou de 530 ch).

Trois pales principales ; vitesse maximale : 190 km/h ; longueur hors tout : 12 m 10 ; largeur : 2 m ; hauteur : 2 m 76 ; diamètre rotor : 10 m 20 ; masse à vide avec treuil pneumatique : 1 050 kg ; charge à l'élingue : 450 kg ; distance franchissable : 520 km ; autonomie : 2 h 30.

Et de trois places avec le Bell 47 G2, on passe à cinq places avec l'Alouette II : un pilote, un mécanicien treuilliste et trois passagers. En version sanitaire, l'Alouette II est pourvue d'une civière longitudinale.

1. Toutes les caractéristiques données ici concernent les appareils qui ont été ou qui sont en service à la Sécurité civile.

## 2 — *De l'Alouette II à l'Alouette III.*

Si les militaires ont longtemps utilisé l'Alouette II en version sanitaire, avec civières extérieures, il n'en a pas été de même au Groupement aérien. En effet, les médecins transportés n'ayant pas la possibilité d'accéder aux blessés ou aux malades pendant le vol, il a fallu très vite trouver une autre solution.

C'est ainsi qu'en 1960, à Grenoble, Alfred Leplus, aidé et conseillé par Gaby Montmasson et Louis Maret, met au point une civière intérieure qui va permettre de surveiller et de soigner un patient pendant le vol. L'installation de cette civière nécessite la suppression des doubles commandes et diminue l'espace disponible dans la cabine. Bien des médecins et des mécaniciens de bord se souviennent des contorsions qu'ils étaient parfois obligés de faire pour maintenir en vie des malades ou des blessés graves et pour calmer leur agitation.

L'arrivée de l'Alouette II représente un progrès incontestable pour le secours héliporté. Cependant des problèmes subsistent. En montagne, cette machine travaille trop souvent à la limite de ses possibilités. Compte tenu des conditions météorologiques particulières et au-dessus d'une certaine altitude, il n'est pas certain qu'elle puisse y assurer tous les sauvetages.

En mer, son peu d'autonomie ne permet pas aux équipages de s'éloigner trop des côtes et des points de ravitaillement en carburant. De plus, avec le poids supplémentaire de sa flottabilité de secours [2] et la présence du matériel

2. Flottabilité de secours : boudins pneumatiques gonflables rapidement en cas de panne de moteur au-dessus de l'eau. Ils sont fixés, pliés, de chaque côté de l'appareil.

installé à bord (fumigènes, deux canots individuels et un canot de cinq places), il est parfois impossible de récupérer plus de deux personnes au cours d'un même naufrage.

Tous ces problèmes opérationnels amènent le Groupement aérien à uniformiser le parc hélicoptères grâce à l'acquisition d'appareils plus performants : les Alouette III, dont le premier exemplaire arrivera en juin 1962 à la base de Grenoble (en même temps, d'ailleurs, que les... bâtiments de la base).

A la fin de l'année 1977, les dernières Alouette II quittent définitivement la flotte de la Sécurité civile. L'Alouette III est sans conteste l'appareil le mieux adapté à l'ensemble des missions des bases : sa puissance, la largeur de son habitacle, sa rusticité, sa fiabilité font le bonheur de ses utilisateurs.

Equipée d'une turbine Turboméca Artouste de 870 ch, l'Alouette III peut embarquer sept personnes : un pilote, un mécanicien-treuilliste (ou un mécanicien sauveteur secouriste) et cinq passagers. En version sanitaire avec civière transversale : un médecin à bord ; avec civière longitudinale : deux médecins.

*Caractéristiques.* — Vitesse maximale : 210 km/h ; longueur hors tout : 12 m 84 ; diamètre rotor : 11 m ; largeur : 1 m 90 ; hauteur : 3 m ; masse à vide : 1 300 kg y compris le treuil ; masse maximale : 2 200 kg ; charge à l'élingue : 750 kg ; distance franchissable : 500 km ; autonomie : 2 h 30. Le treuil déroule, selon la version, 25 mètres ou 40 mètres de câble.

Plusieurs versions sanitaires sont possibles : elles sont employées suivant leurs avantages et leurs inconvénients. Il est loisible d'y adapter un matériel médical d'urgence complet nécessaire aux médecins spécialistes.

En montagne, l'Alouette III, avec un train d'atterrissage

à skis, munie de paniers porte-charges latéralement, dispose d'un treuil pneumatique de 25 mètres ou électrique de 40 mètres.

En version « Mer », avec flottabilité de secours, elle a une autonomie suffisante et plus intéressante pour des missions au large à longue distance. Le volume de sa cabine permet le transport de sauveteurs-plongeurs et la récupération « dans la foulée » de quatre ou cinq personnes.

* * *

*« Cet hélicoptère, indique le capitaine Jean-Pierre Demercière, chef de la Division technique, est l'aéronef de base du Groupement aérien. Il présente l'énorme avantage d'être polyvalent et nous permet de remplir la quasi-totalité de nos missions, du secours en mer au sauvetage en montagne. A ce jour, vingt-sept Alouette III sont en service à la Sécurité civile ».*

* * *

C'est avec l'Alouette III que le treuillage d'une civière spéciale Piguillem [3] devient possible. Très utilisée en montagne et en mer, cette civière est également employée par les secouristes en plaine.

D'autre part, on peut équiper rapidement l'Alouette III d'un jeu de haut-parleurs très pratiques dans certaines missions de prévention et de secours. On peut aussi accrocher sous l'appareil un système appelé « cargo-swing » pour soulever des charges importantes ou volumineuses.

---

3. Civière mise au point par le commandant Piguillem, des C.R.S.

3 — *Le Dauphin et l'Ecureuil.*

« *Un désir de modernisation de la flotte pour aborder si le besoin s'en fait sentir les missions I.F.R.*[4] *et une volonté d'augmenter la sécurité des équipages intervenant en mer nous ont amené à acheter des Dauphin* ».

« *Nos crédits nous ont obligé à acquérir des appareils d'occasion. Nous avons eu la chance de tomber sur un lot de quatre hélicoptères au même standard ayant peu d'heures de vol. Les premiers sont arrivés au Groupement aérien en juillet 1982* ».

Le Dauphin SA 365 C est un bimoteur civil polyvalent doté des dernières innovations technologiques : rotor starflex, pales en matériaux composites, rotor de queue caréné (fenestron). Sa vaste cabine permet de l'utiliser comme ambulance avec un équipement complet de réanimation.

Environ 400 appareils du type Dauphin ont été commandés à l'Aérospatiale et notamment la version 366 G par l'administration américaine des US Coast Guards (les garde-côtes).

Dans les versions 365 C et 365 M, le Dauphin est propulsé par deux turbomoteurs Turboméca Arriel.

*Caractéristiques.* — Puissance thermique maximale par moteur : 710 ch ; puissance maximale continue par moteur : 594 ch ; masse à vide : 2 150 kg ; masse maximale : 3 400 kg ; longueur hors tout : 13 m 32 ; diamètre du rotor principal : 11 m 68 ; autonomie : 1 h 50 plus 40 mn de réserve ; vitesse : 120 kts (un kt = 1 852 mètres).

Le treuil électrique à vitesse variable est muni d'un câble de 50 mètres. Capacité : un pilote, un mécanicien et

4. I.F.R. : Instrument Flight Rules. Règles de vol aux instruments.

huit passagers. En sanitaire : une ou deux civières transversales et un ou deux médecins.

* * *

« *Toujours à la recherche d'un appareil pouvant remplacer l'Alouette III et conscient de l'impossibilité financière et opérationnelle de doter toutes les bases de Dauphins, le Groupement aérien a voulu tester objectivement l'hélicoptère monomoteur Ecureuil. A petit budget, aéronef d'occasion, là aussi : c'est ainsi que nous avons acheté l'Ecureuil N° 1003* ».

* * *

L'Ecureuil, qui est l'un des grands succès de l'Aérospatiale (plus de 1 000 exemplaires vendus dans le monde entier), fait largement appel aux matériaux composites (pales, rotor starflex, cellule, etc).

*Caractéristiques.* — Un turbomoteur Turboméca Arriel (puissance thermique maximale : 650 ch ; puissance maximale continue : 600 ch) ; longueur hors tout : 12 m 99 ; masse à vide : 1 200 kg ; masse maximale : 1 950 kg ; diamètre du rotor principal : 10 m 69 ; autonomie : 2 h 50 ; vitesse : 125 kts. Pas de treuil à la Sécurité civile. Capacité : un pilote, un mécanicien sauveteur secouriste et quatre passagers. En sanitaire : une civière transversale et un médecin.

* * *

« *Cet Ecureuil est lui aussi arrivé au Groupement aérien en juillet 1982. Il est utilisé en été pour la lutte contre les incendies de forêts : c'est un excellent P.C. volant, rapide et plus économique que l'Alouette III. En hiver, à Lille, il assure des missions sanitaires. Grâce à une porte à « bulle » montée à droite et unique en France, nous pouvons embarquer en plus de l'équipage une civière standard transversale et un médecin réanimateur ».*

*« Les utilisateurs sont pleinement satisfaits de cet Ecureuil et regrettent de le voir muté pour l'été. Selon eux, en mission sanitaire le volume de la cabine, plus réduit que celui de l'Alouette III, n'est pas un handicap. Avantages de cette machine : sa technologie moderne et sa vitesse de croisière ».*

*« Il n'y aura sans doute jamais d'hélicoptère capable de remplir toutes nos missions. C'est pourquoi nous devons diversifier le parc tout en sachant que cela crée quelques difficultés ».*

4 — *L'organisation du Groupement aérien.*

L'état-major du Groupement aérien du ministère de l'Intérieur est à Paris, plus exactement à Levallois-Perret. Il se compose de trois divisions : la D.A. (Division administrative), la D.O. (Division opérationnelle) et la D.T. (Division technique).

Le chef du Groupement, ses deux adjoints, la D.A. et la D.O. sont à Levallois-Perret. Quant à la D.T., elle est installée, pour des raisons évidentes, sur l'héliport de Paris, avenue de la Porte de Sèvres (terrain d'Issy-lesMoulineaux).

Les bases hélicoptère permanentes (certaines assurant des détachements saisonniers) sont réparties sur le territoire (voir à ce sujet la carte incluse dans l'avant-propos). Ce sont en général de petites unités dont l'effectif théorique est de six personnes : trois pilotes et trois mécaniciens, soit trois équipages. L'un des pilotes est désigné pour assurer les fonctions de chef de base et l'un des mécaniciens nommé responsable mécanicien. Selon la saison et la disponibilité du parc, une base dispose d'un ou deux hélicoptères. Pour les activités de secours, ceux-ci sont mis à la disposition du Préfet, Commissaire de la République, sous l'autorité du Groupement aérien.

La base d'avions bombardiers d'eau de Marseille-Marignane est commandée par un officier supérieur de la Marine nationale (voir les chapitres : « Les bombardiers d'eau » et « Avec les Pompiers du Ciel : « Dragon... Ici Pélican ») qui a pour adjoint le responsable technique des avions.

Responsable de la maintenance, de l'approvisionnement et de la mise en réparation des matériels, aériens et terrestres, la Division technique dispose d'un effectif de vingt-cinq personnes (des contractuels). Dirigée par un chef de division (actuellement officier des Pompiers de Paris) et un adjoint officier mécanicien, elle comprend un atelier mécanique hélicoptères et ensembles mécaniques (deux équipes) ; un atelier radio ; un atelier équipement, ainsi qu'un service d'approvisionnement et un magasin. Son rôle est d'assurer la disponibilité permanente des hélicoptères au travers des révisions, des dépannages et des rechanges.

L'entretien se fait à différents échelons : les premier et deuxième échelons sont effectués par les mécaniciens des bases ; le troisième est assuré par l'atelier central de Paris (appelé également « échelon central ») ; le quatrième, au niveau industriel, par les ateliers de l'Aérospatiale à Marignane.

* * *

« *Par manque d'effectifs, nous sommes amenés à sous-traiter une partie de nos révisions à la S.E.C.A.* [5] *sur l'aéroport du Bourget. Ceci représente de 40 à 50 % de l'activité 3e échelon. Tout l'entretien est contrôlé et programmé par la D.T. Pour l'approvisionnement, outre le magasin central — dont la gestion est informatisée depuis 1983 — nous avons dix-neuf magasins avancés, dans les bases* ».

« *Contrairement à ce qui se passe dans d'autres flottes d'hélicoptères de l'Etat, nous adaptons le soutien technique aux besoins opérationels, ce qui se traduit par un planning sans cesse reconsidéré* ».

## 5 — *Les équipages hélicoptères.*

Les pilotes et les mécaniciens du Groupement aérien sont tous formés initialement dans les écoles spécialisées des trois armes (Terre, Air, Mer). Le plus souvent à l'Ecole de spécialisation de l'Aviation légère de l'Armée de terre, à Dax, en ce qui concerne les pilotes, et à l'Ecole supérieure et d'application du Matériel, à Bourges, pour le personnel mécanicien.

Par contre, il n'existe aucun centre de formation au secours aérien proprement dit. Issue de l'expérience, cette instruction spécifique est acquise au sein même des bases hélicoptère de la Sécurité civile. Elle est en principe retransmise aux jeunes arrivants par le personnel plus ancien. Ces informations, ce savoir-faire dans le domaine du secours ne sont pas à négliger : s'adapter à la montagne ou connaître les astuces des missions en mer est nécessaire pour assurer la pleine réussite des interventions héliportées.

---

5. Société d'Exploitation et de Constructions Aéronautiques. Groupe Aérospatiale.

Pour une cause technique ou une cause opérationnelle, des incidents, des accidents peuvent survenir. La montagne et la mer sont des milieux hostiles, un équipage pourrait s'y trouver isolé ou en perdition. Il importe donc de connaître les moyens de survie face à ces situations. C'est une formation complémentaire qui est assurée au cours des stages annuels de survie et d'adaptation en montagne organisés par les fonctionnaires des C.R.S. du C.N.E.A.S. (Centre national d'entraînement à l'Alpinisme et au Ski) à Val-d'Isère et par les sapeurs-pompiers de la ville de Nice pour les stages de survie et de sauvetage en mer. Un minimum de notions et de formation dans ces domaines est ainsi acquis par les équipages qui se doivent d'être d'abord soucieux de leur propre sécurité avant de se consacrer pleinement à celle des autres.

D'autre part, un recyclage théorique et pratique du pilotage est assuré régulièrement par un certain nombre de pilotes possédant la qualification de moniteur.

### 6 — *Le treuil de sauvetage.*

C'est avec l'arrivée de l'Alouette II qu'apparaît le treuil de sauvetage électro-pneumatique du type 76 300/100 fabriqué par Air Equipement-DBA. Il est muni d'un câble en acier de 25 mètres de longueur. Cet appareil sera progressivement remplacé à partir de 1985 par un treuil électrique avec 40 mètres de câble.

Très vite, ce treuil de sauvetage marque une évolution dans le secours héliporté. En mer, il devient indispensable mais il est utilisé avec plus de prudence en montagne compte tenu des problèmes de limite de puissance et de la mise en stationnaire de l'hélicoptère au-dessus d'une certaine altitude. En août 1969, l'équipage Riera-Rouet effectuera le premier secours par treuillage à plus de 4 000 mètres ; c'était à l'Aiguille Verte, dans le massif du Mont-Blanc.

Que ce soit en mer ou en montagne, le treuil est l'élément le plus important sur un hélicoptère destiné au sauvetage : sans treuil, l'hélicoptère est un sauveteur sans bras.

Au bout du câble, on ajoute une sangle qui assure le maintien sous les bras des personnes secourues. S'il vous faut un jour être hélitreuillé, vous serez hissé a bord au moyen de cette brassière de sauvetage. Dans la plupart des cas, un sauveteur descendra pour vous attacher. Faites bien ce qu'il vous indique. Mais si personne ne peut venir vous aider, voici comment mettre la brassière.

1. — Saisissez-la et passez les bras et la tête dans la boucle.

2. — Assurez-vous que la partie large de la sangle est le plus possible dans votre dos et placez les courroies sous vos aisselles. Le haut de la brassière doit être devant votre visage.

3. — Abaissez la barrette le plus bas possible.

4. — Assurez-vous qu'il n'existe plus d'amarrage entre vous et un autre point d'attache ; et que vos pieds ne sont pas pris dans des cordages ou autres objets, puis placez vos bras le long du corps.

5. — Quand vous êtes prêt, regardez vers l'hélicoptère et tendez un bras, pouce vers le haut, pour avertir les sauveteurs.

6. — Quand vous arriverez près de l'hélicoptère, ne faites rien : on vous placera le dos à l'entrée de l'appareil pour vous hisser à l'intérieur en position assise.

7. — Evitez de regarder vers le bas et de tenter de vous détacher avant la rentrée complète dans la cabine.

8. — Gardez votre calme au cours de votre installation

à bord ; évitez les agitations ou toutes autres exubérances qui pourraient gêner l'équipage.

Manœuvré en montée et en descente grâce à une commande électrique dont dispose le mécanicien-sauveteur-treuilliste, le câble en acier peut être également cisaillé par le déclenchement d'une cartouche pyrotechnique à partir de la commande pilote. Cette manœuvre reste bien sûr exceptionnelle ; elle permettrait de libérer l'hélicoptère au cas où le câble demeurerait attaché, coincé, ou serait en surcharge. C'est la raison pour laquelle le treuilliste devra toujours veiller à remonter le câble en concertation avec le pilote et compte tenu des possibilités de l'appareil et de la limite de poids.

Avant de prendre la décision d'effectuer un sauvetage par treuillage, des précautions sont nécessaires. En montagne, par exemple, le pilote s'assurera qu'une puissance supplémentaire sera disponible au moment du treuillage. A défaut, c'est l'hélicoptère qui risque de perdre de l'altitude au moment de la remontée, ce qui mettrait gravement en jeu sa sécurité.

En mer, le mécanicien-treuilliste doit veiller à ne pas descendre le câble au milieu d'un groupe de baigneurs en difficulté ou de naufragés. En effet, ceux-ci, d'une manière désordonnée, pourraient se saisir de la sangle tous en même temps sans qu'il soit possible au treuilliste de les remonter. Ce groupe risque de créer une surcharge pouvant faire basculer l'appareil, à moins que le câble ne soit cisaillé et libéré à temps.

Même un maître-nageur-plongeur ne pourrait seul calmer des gens en proie à la panique et ordonner leur récupération. La seule solution, c'est d'abord de rassurer les victimes en leur jetant de l'hélicoptère bouées ou canots pneumatiques gonflables. Dans un deuxième temps seulement, il sera alors possible de les ramener à bord, une par une.

En plaine ou en milieu urbain, des cas semblables peuvent se produire à partir d'un bâtiment incendié ou isolé par la montée des eaux lors d'inondations. Il sera prudent de n'évacuer les sinistrés qu'après avoir déposé auprès d'eux un ou plusieurs sauveteurs qui préviendront toute précipitation vers le câble.

Aux commandes de son appareil, le pilote n'a pas la possibilité de suivre visuellement la descente et la remontée du câble. C'est pourquoi il laisse toute liberté d'action au treuilliste. A son tour, celui-ci s'efforcera de transmettre verbalement au pilote les corrections à effectuer sur le positionnement de l'appareil, ainsi que toutes les explications sur le déroulement de l'opération. C'est un véritable travail d'équipe qui nécessite une parfaite entente entre les deux hommes, un certain entraînement et une confiance réciproque.

* * *

Au terme de toutes ces considérations techniques et avant d'aborder les récits des équipages eux-mêmes, il y a lieu de préciser enfin que le Groupement aérien fonctionne sur un budget du ministère de l'Intérieur et que toutes les missions de secours entreprises par les appareils de la Sécurité civile sont effectuées gratuitement.

## 2

## HAUTE VOLTIGE EN MONTAGNE

Le 23 août 1971, près de Chamonix, a eu lieu un extraordinaire sauvetage en plein ciel. Une « première » du genre.

Ce jour-là, par suite d'une défaillance mécanique, un téléphérique tombe en panne. Cette installation relie la gare inférieure des Bois, en amont de Chamonix, au chantier E.D.F. du bas de la Mer de Glace situé aux rochers des Mottes, 700 mètres plus haut.

On ne peut immédiatement remédier à cette panne. Or une benne est immobilisée à environ 80 mètres juste au-dessus d'un torrent, l'Arveyron, qui roule tumultueusement, grossi par les pluies d'orage de la nuit et de la matinée. Dans cette benne, neuf ouvriers du chantier, des ressortissants portugais et des maghrébins, sont suspendus dans le vide, prisonniers de leur nacelle.

Pour les tirer de cette position inconfortable, impossible d'utiliser un stop-chute car ils seraient à coup sûr, une fois arrivés en bas, emportés par le torrent. Il faut donc avoir recours à l'hélicoptère : si la descente des ouvriers n'est pas envisageable, leur remontée l'est peut-être. Tout au moins va-t-on la tenter au moyen du treuil de l'appareil.

Sur l'hélisurface des Bois, non loin du téléphérique en panne, l'équipage de l'Alouette III de la Protection civile composé de Jean-François Belleguic, pilote et de Paul Rouet, mécanicien, embarque un sauveteur réputé : Robert Petit-Prestoud, du Centre de secours de Chamonix [1].

Les voilà, sans problème, au-dessus de la cabine immobilisée.

« Ce ne fut pas tellement facile », se souvient placidement Jean-François Belleguic.

« Le souffle des pales provoquait un flottement de la benne et nous avions du mal à rester exactement à l'aplomb pour faire descendre le câble juste sur notre " cible ". Ce n'était pas du gâteau... Mais grâce à Paul Rouet, cette manœuvre réussit en dépit du manque de repères. »

Au bout de ce câble, il y a Robert Petit-Prestoud, suspendu comme un ludion. Le secouriste a prévu d'aller jusqu'à la porte de la benne. Mais celle-ci se balance trop sous l'hélico. Il décide alors de prendre pied sur le toit de cette benne où le filin d'acier, contrôlé par le mécanicien, finit par le déposer.

Le sauvetage prend ainsi des allures de haute voltige : « Un véritable numéro de cirque » écrira le lendemain un journaliste. Oui, mais du cirque sans filet — c'est le cas de le dire — et sans spectateurs dans lequel la vie de douze personnes est impliquée.

Paul Rouet nous a dit son admiration pour Robert :

« Si cette mission a pû finalement être menée à bien, si nous avons pû récupérer neuf personnes indemnes, c'est grâce à lui, grâce à son cran remarquable et à ses indéniables qualités d'acrobate. Sans être assuré, sans le moindre mousqueton, il parvint à prendre pied sur le toit de la benne et procéda calmement à l'évacuation des occupants, sous l'hélico que Belleguic maintenait en vol stationnaire

1. Robert Petit-Prestoud est l'actuel chef du Centre de secours de Chamonix.

le plus précisément possible. La situation du secouriste était extrêmement précaire : d'une part, le toit était très glissant ; d'autre part les ouvriers bloqués à l'intérieur manifestaient une inquiétude bien compréhensible au moment de mettre le harnais et de sortir dans le vide pour être treuillés à bord de l'hélico qui se trouvait à une dizaine de mètres plus haut. C'est un véritable tour de force que Robert a réussi ce jour-là. »

Les « naufragés du vide » (pour reprendre le titre d'un article de presse de l'époque) sont tirés un à un de la benne, hissés dans l'Alouette qui les descend, par groupes de trois, dans la vallée, jusqu'à la DZ des Bois. En tout et en moins de trois quarts d'heure : cinq rotations pour ramener tout le monde sain et sauf ; la première lors de la dépose du secouriste, trois autres pour treuiller les ouvriers, la dernière pour récupérer Robert. Et onze treuillages successifs, ce qui n'avait jamais été réalisé auparavant au-dessus d'une benne de téléphérique.

Quant à Robert Petit-Prestoud, oubliant sans doute les risques encourus, il ne dit rien de lui et se contenta de rendre hommage à l'équipage.

De ce sauvetage exceptionnel — qui avait révélé à la fois un bel esprit d'équipe, un courage peu commun et des qualités professionnelles incontestables — on en parla beaucoup, notamment dans les journaux. Un magazine pour la jeunesse en fit même le sujet d'une bande dessinée.

# 3

# UN TREUILLAGE LATÉRAL A 3 200 MÈTRES D'ALTITUDE

Dans le massif du Mont-Blanc, l'Aiguille du Dru (3 754 mètres) est un formidable élan rocheux vertical, tout droit vers le ciel, dont la cime domine d'un millier de mètres le pierrier du bas. En face, au Montenvers, de l'autre côté de la Mer de Glace, à la gare d'arrivée du petit train à crémaillère qui monte de Chamonix, les promeneurs sont nombreux à venir admirer, impressionnés, cette gigantesque aiguille.

C'est précisément du Montenvers qu'une alerte est donnée le 24 août 1972, alerte qui va conduire un équipage de la Protection civile à réaliser un sauvetage exceptionnel dans le pilier Bonatti de l'Aiguille du Dru : du Montenvers, on a en effet aperçu des signaux lumineux dans ce pilier fameux qui porte le nom du célèbre alpiniste et guide italien Walter Bonatti.

Dès la fin de la matinée, le pilote Violeau et le mécanicien Rouet effectuent un vol de reconnaissance. A bord de l'hélicoptère se trouvent aussi le capitaine Mollaret, patron du Peloton de Gendarmerie de Haute Montagne (P.G.H.M.) de Chamonix et le grand guide Gérard Devouassoux [1].

---

1. Gérard Devouassoux est mort dans l'Himalaya, en 1974, lors d'une expédition française à l'Everest.

On va bientôt apprendre que les appels lumineux émanent d'une cordée composée de deux jeunes anglais bloqués dans la vertigineuse paroi vers 3 200 mètres d'altitude, sur une vire minuscule de la grandeur d'une table, les pieds dans le vide. L'un d'eux, un étudiant de 19 ans, Ligel Anthony Lyle, est grièvement blessé : victime d'une chute de pierres, il a le pied gauche écrasé et le tibia fracturé. Par contre, son compagnon est indemne.

Pour entreprendre une pareille ascension, on comprend bien qu'il ne faut pas être débutant : les deux jeunes gens ne le sont pas. Mais la montagne a eu raison de leurs qualités de grimpeurs.

A bord de l'Alouette, on tire rapidement la leçon de la reconnaissance : en raison de la verticalité de la paroi, il n'est pas possible de tenter le sauvetage par la voie aérienne. Il faudra donc monter une opération terrestre.

En bas, à Chamonix, la commission de secours se réunit avec la participation des représentants de la Compagnie des Guides, de l'E.N.S.A. (Ecole nationale de Ski et d'Alpinisme) et du P.G.H.M. On envisage alors une solution pour évacuer le blessé : l'installation d'un téléphérique de campagne qui partirait du pilier Bonatti et rejoindrait les Flammes de Pierre sur l'arête située en contrebas de l'Aiguille du Dru.

Dans l'après-midi du 24 août et durant toute la journée du 25, l'équipage Violeau-Rouet dépose sauveteurs et matériels : des gendarmes sur les Flammes de Pierre ; Gérard Devouassoux et deux autres guides qui doivent attaquer le pilier depuis le bas et monter jusqu'aux deux anglais.

Le 26 août au matin, la météo est excellente : grand ciel bleu et pas un souffle de vent. A Chamonix, sur l'hélisurface de la Protection civile, aux Bois, c'est l'équipage René Romet-Gilbert Mezureux qui prend le relais à bord de l'hélicoptère. Il décolle pour une nouvelle reconnaissance des lieux afin de situer exactement la position de la cordée en détresse et celle des sauveteurs.

A l'altitude 3 200, à cinquante mètres de la paroi, le pilote met sa machine en vol stationnaire et entre en contact radio avec Gérard Devouassoux qui progresse une centaine de mètres en-dessous.

« De Crampon Devouassoux [2] : René, est-ce que tu vois les deux gars ? »

René Romet : « Affirmatif. Ils sont juste devant nous. Il y en a un qui paraît valide. L'autre ne bouge pas. Gérard, est-ce que ça parpinne ? [3] »

Gérard Devouassoux : « Non, rien du tout. Les conditions de rocher sont très bonnes ».

Le pilote rapproche lentement, très lentement, son appareil de la paroi jusqu'à se trouver à une dizaine de mètres seulement de la face verticale. On ne peut, bien sûr, compte tenu de la longueur des pales du rotor, aller encore plus près des deux anglais.

C'est à ce moment-là qu'il vient à l'équipage l'idée de tenter immédiatement le sauvetage :

« Et si l'on essayait de lancer le crochet du câble sur la vire ? »

A un millier de mètres au-dessus de la Mer de Glace, le pilote fait pivoter son Alouette III pour présenter la porte latérale et le treuil face à la vire. Gilbert Mezureux s'empare du câble avec le crochet au bout et le lance. Première tentative ratée : en position difficile, l'anglais valide ne réussit pas à s'en saisir. René Romet se concentre sur les commandes et surveille attentivement le rocher si proche. Le mécanicien ramène le crochet et recommence. Cette fois, le filin d'acier est agrippé. Par gestes, Gilbert explique la

2. Crampon : indicatif des sauveteurs au sol.
3. Quand ça parpinne c'est que les pierres dégringolent.

manière d'utiliser ce crochet pour arrimer la victime. Mais l'anglais fait comprendre qu'il ne peut pas accrocher le blessé qui, apparemment, n'a pas — ou n'a plus — de baudrier. Gilbert se saisit alors de la sangle de sauvetage qui est dans l'hélicoptère et, d'un geste précis, la lance à l'alpiniste qui l'attrape au vol. Heureusement : s'il l'avait laissé échapper, elle serait partie dans le vide.

Toujours par signes, Mezureux indique que le blessé va être treuillé et qu'on peut maintenant le dépitonner.

L'hélicoptère monte tout doucement à 45° déroulant le câble sans secousses. Quand celui-ci est juste tendu, le mécanicien donne le « top » au pilote : aussitôt, le blessé est littéralement arraché à la vire et part dans le vide. L'hélicoptère se dégage de la paroi pour éviter que, par l'effet de retour du mouvement pendulaire, le jeune homme suspendu ne revienne se fracasser contre le pilier.

Mission accomplie : Ligel Anthony Lyle est remonté sans encombre dans la cabine. Il est sauvé. Quant à son compagnon valide, il descendra en rappel jusqu'à la cordée Devouassoux et regagnera sain et sauf la vallée.

Cet accident ne sera cependant pas sans conséquences pour le blessé : souffrant d'une gangrène gazeuse, il devra être amputé à l'hôpital de Chamonix. Mais sans la décision de l'équipage de la Protection civile de tenter cette opération hardie, il aurait certainement succombé après avoir passé plus de deux jours et trois bivouacs en haute montagne.

Conclusion de l'équipage :

« C'était la première fois que l'on effectuait un treuillage latéral en montagne. En s'approchant de la paroi, nous avions constaté que l'on pouvait rester en vol stationnaire près de la vire et à sa hauteur. Il fallait donc tenter quelque chose puisque rien d'autre n'était faisable par une méthode classique. En raison de la raideur de la paroi, il n'était évidemment pas question de « pêcher » le blessé en étant rigoureusement à sa verticale. Mais cette opération exceptionnelle n'a pû réussir que parce que trois conditions étaient réunies ce jour-là : météo excellente ; liaisons radio avec des cordées qui nous guidaient et pouvaient nous prévenir en cas de chutes de pierres ; enfin le fait que l'un des grimpeurs était valide et capable de préparer le treuillage. Par « exceptionnel », il faut entendre que ce genre de sauvetage n'est pas à pratiquer à tout bout de champ... »

## 4

## ALOUETTE OU CIGOGNE ?

Cette journée du 14 décembre 1973 s'achève sans qu'un seul coup de téléphone ne vienne troubler la quiétude de l'équipage de permanence composé de Guy Durand et Marc Lafond. En cette période de l'année, c'est plutôt calme à Lann-Bihoué.

Lann-Bihoué, pour les initiés, c'est Lorient. La base hélicoptère de la Sécurité civile est nichée dans un coin isolé des imposantes installations de l'Aéronavale. Les missions, ici, s'effectuent surtout sur les îles. En face, c'est Groix. Plus loin, Belle-Ile la bien nommée. Et en face du golfe du Morbihan, deux joyaux paradisiaques : Houat et Hoédic.

Sur Houat, justement, il se passe quelque chose : Mme Le G. attend un heureux événement. Mais rien ne presse, semble-t-il : « Ce sera dans quelques jours » a dit le médecin. « Peut-être un bébé pour Noël... ».

En fait, elle n'est pas très tranquille, la future maman et elle pressent que son enfant n'attendra pas ce délai.

La nuit tombe. Les deux hommes d'équipage regagnent leur domicile. Par habitude, le pilote jette un regard sur le ciel : il est bien noir. C'est qu'en Bretagne, les vols de nuit sont assez fréquents. Les îliens qui ont besoin d'elle savent bien qu'ils peuvent toujours compter sur les services de l'Alouette rouge : à part le canot de sauvetage, moins rapide, c'est le seul moyen d'évacuation d'urgence vers les hôpitaux du continent.

Un peu avant 23 heures, le doute n'est plus permis et Mme Le G. confie ses inquiétudes à son entourage qui s'en remet au médecin : à Houat, c'est par téléphone qu'on le consulte.

Que faire dans ce cas précis, sinon de demander l'évacuation d'urgence ? C'est ainsi que l'équipage se retrouve de nouveau à la base à 23 heures. En un clin d'œil, la Bravo-Sierra [1] est sortie de son hangar. La météo n'est pas très optimiste : 6/8$^{e}$ à 400 mètres. Par contre, la visibilité horizontale est excellente.

La Préfecture donne le feu vert et, à 23 h 10, scintillant de tous ses feux de signalisation, l'Alouette III décolle. Le médecin est optimiste et n'a pas jugé utile de convoyer sa cliente, les symptômes décrits par téléphone permettant d'attendre l'arrivée à Auray.

Sur l'île, tout est prêt. Mme Le G. et son mari, accepté comme accompagnateur, embarquent. Vaguement inquiet tout de même, le pilote s'informe sur l'évolution de la situation. Père de famille, il a quelques notions sur la question et sur les intervalles entre deux contractions. Sa mine s'allonge quand il apprend qu'il ne s'agit pas d'un premier enfant : les choses, dans ce cas, risquent d'aller plus vite que prévu. Mais il se rassure : il faut vingt minutes pour rallier Auray et ce délai paraît suffisant.

Néanmoins, personne ne traîne et à 23 h 30, sans même que la turbine ait été arrêtée, l'hélicoptère reprend son vol cap au nord, direction Auray dont on commence bientôt à

1. Indicatif de l'appareil.

apercevoir des points lumineux. Bien sûr, 180 km/h c'est rapide mais cette fois l'Alouette semble ne pas avancer assez vite : « Dieu qu'elles sont longues ces minutes qui s'égrènent ! ».

Dans la cabine, tout est silencieux. Du moins dans les écouteurs des membres de l'équipage. Le bruit de la turbine couvre toute plainte éventuelle de la passagère. Maintenant à mi-parcours, l'appareil survole une énorme masse sombre, l'océan. La côte se rapproche.

Brusquement, l'attention du mécanicien Marc Lafond est attirée par le comportement de la future maman : les douleurs de l'enfantement se précisent et elle ne peut réprimer des mouvements désordonnés. D'un coup de pied, elle déclenche l'ouverture d'une porte, puis d'un autre frappe les commandes de vol.

Le mécanicien quitte sa place co-pilote, passe à l'arrière et, à cheval sur la civière, essaie tant bien que mal de calmer et de réconforter la jeune femme [2].

Soudain, un cri — que l'équipage redoutait d'entendre depuis le décollage — résonne dans la carlingue. Instantanément, la question du pilote fuse :

— Qu'est-ce qui se passe ?

La réponse du mécanicien arrive, laconique :

— Rien, « il » est là...

— Qui ça, « il » ?

— J'sais pas, il vient juste d'arriver...

Et voilà comment le petit Sébastien naquit : sur une civière d'hélicoptère, tout seul, « comme un grand ». Une fouille rapide de la valise familiale permet de trouver du linge pour le couvrir.

---

2. Les mécaniciens d'équipages hélicoptères assurent la responsabilité technique des appareils, la sûreté et la sécurité générale, l'assistance au vol, les soins aux personnes transportées, les guidages éventuels et les manœuvres de treuillage.

La descente sur l'hôpital d'Auray, prévenu par radio, s'effectue à « vitesse max », on s'en doute. A l'atterrissage, l'équipe médicale est là, prête. Elle utilise, à la grande surprise de l'équipage, une vieille 2 CV tenant lieu d'ambulance.

Pilote et mécanicien apprennent alors, infiniment soulagés, que, selon la formule, « la mère et l'enfant se portent bien ». Mais ils éprouvent une frayeur rétrospective en entendant ce que dit l'interne de garde à l'accouchée :

— Dix minutes de plus, Madame, et votre enfant n'aurait pas survécu : sa température était descendue à 35°.

Réflexion du pilote :

— C'est bien ce qu'on pensait : la couveuse à rotor, il vaut mieux l'éviter, ça ne marche pas longtemps...

Et d'ajouter :

— Sauf erreur, il est dit quelque part dans un texte officiel qu'un enfant né dans un aéronef de l'Etat français doit être déclaré à Paris.

Mis au courant, le père s'exclame : « Vous n'allez pas me faire ça ! ».

Finalement, Sébastien sera bien déclaré né à Auray.

Tout se termine donc bien grâce à l'hélicoptère. Mais nous croyons savoir que l'un des membres de l'équipage n'aurait pas refusé s'il avait été choisi comme parrain de ce petit garçon pressé de venir au monde...

## 5

## QUAND UN ÉQUIPAGE ÉCHAPPE A LA PRISON !

Une mission de secours peut réserver parfois des surprises. Telle cette aventure qui est arrivée durant l'été de 1974 à un équipage de Granville et que nous rapporte le pilote Michel Lechat.

* * *

Quand me revient en mémoire cette mission peu banale, je vois défiler ces romantiques îles anglo-normandes qui ont largement contribué à inspirer Victor Hugo, exilé à Jersey puis à Guernesey. L'une d'elles, Sercq (Sark pour les îliens) est sans doute, avec Herm, la plus petite à être habitée par une population essentiellement autochtone et composée d'agriculteurs et de marins.

Au cours des nombreuses opérations de recherches en mer effectuées dans les parages, il nous est arrivé quelquefois de passer à proximité sans l'apercevoir. En plus de son odeur prononcée de varech, Sercq exhale un « parfum historique » qui a largement débordé ses frontières maritimes.

Cet îlot de trois kilomètres de longueur est à vingt-deux milles nautiques — environ 40 km — au large du Cotentin, sensiblement plein nord de Jersey. Il est abrité des vents d'ouest par un ensemble de rochers comme ceux de Herm et de Brecquou. Par contre, les quelques plages qui la bordent sont exposées au vent du nord. La côte méridionale est constituée de falaises hautes d'une centaine de mètres, abruptes et déchiquetées, royaume des mouettes et des cormorans.

Pour présider à ses destinées, l'île a eu à sa tête, pendant plusieurs décennies, sa « Dame de Fer », dite la « Dame de Sercq », dont la réputation est toujours vivace. Durant l'occupation par les troupes allemandes lors de la Seconde Guerre mondiale, elle n'a jamais cédé un pouce de son autorité. Elle régnait en maîtresse absolue. Par exemple, elle avait décrété une fois pour toutes qu'il n'y aurait pas d'automobiles sur son île. Un médecin qui s'était installé-là pour y exercer son métier dut abandonner son poste faute de pouvoir disposer d'un moyen rapide de déplacement.

Après la disparition de cette véritable souveraine, les anciennes coutumes et les vieilles manies qui avaient triomphé du temps se maintinrent : ce 23 juillet 1974, les circonstances vont, une fois de plus, nous le prouver.

Il fait gros temps sur la Manche. Nous sommes en période de marée. Le vent du nord-ouest contrariant l'effet des courants a fortement agité la mer sur le Cotentin.

Ce matin-là, un groupe d'enfants appartenant à une colonie de vacances de Cherbourg quitte la ville en bateau pour se rendre à Sercq où il doit camper durant une semaine. Le voyage est particulièrement mouvementé et le navire touche au port vers midi. Il pénètre dans le mouillage où quelques voiliers dansent au gré des vagues et s'approche du débarcadère. Après l'accostage, les enfants participent au déchargement du matériel de couchage, des vivres et des médicaments de première urgence nécessaires au séjour.

Au cours de cette opération et sous l'effet d'un coup de

boutoir, une grande partie de ce chargement tombe à l'eau et le flot l'emporte. Même en période estivale, lorsque souffle la tempête il ne fait pas bon passer une nuit à la belle étoile dans les îles de la Manche. De Cherbourg, on envisage donc d'envoyer aux jeunes colons du matériel de remplacement et l'on fait appel pour le transporter à l'hélicoptère de la Protection civile de Granville.

Les autorités administratives de la Manche donnent leur accord pour cette mission qui ne peut cependant être menée à bien qu'avec l'autorisation des responsables de Sercq. En effet, le survol de cette île est strictement interdit et la réglementation de la circulation aérienne en atteste. De nombreux « notams »[1] émanant des services aéronautiques des îles anglo-normandes sont régulièrement publiés. Il n'est donc pas question pour nous de transgresser cette interdiction et il nous faut impérativement obtenir un accord préalable pour assurer le vol prévu. Heureusement et après une heure d'attente, notre correspondant de Cherbourg nous donne une réponse favorable.

Afin de diminuer le temps de vol, il est convenu de prendre le matériel sur l'aérodrome de Lessay, près de Carteret. Ce que nous faisons. Jusqu'ici, tout va bien. Ensuite nous mettons le cap direct qui nous fait survoler les rochers des Ecréhou, derniers bastions anglo-normands face à Carteret. Nous apercevons bientôt, sur la gauche, les Paternostres, sinistres récifs lorsque la mer est agitée, le plafond bas et la visibilité réduite. Ce n'est pas le cas ce 23 juillet.

Le vent est sensiblement de face et notre Alouette II « rame ». La mer, d'un jaune sale sur le littoral, vire au vert glauque au large. A cette époque, nous volions encore avec

1. Notams (Notice to Air Men) : avis donnant des renseignements aux navigateurs sur l'état ou la modification d'une installation, d'un service, d'une procédure aéronautique ou d'un danger.

des combinaisons vertes : c'était, à n'en pas douter, un excellent moyen de camouflage en cas de crash !

Notre progression en direction de l'île me paraît lente et le mécanicien de bord Hervé Le Gall, avec lequel j'ai ouvert un pari sur la durée de la traversée, me fait gentiment remarquer que la force du vent est sous-estimée. Au bout de vingt-cinq minutes de survol nautique, nous approchons des contours rocheux de Sercq, quand une voix résonne dans nos écouteurs et nous tire de nos méditations :

— Dragon 10 de C.R.O.S.S.Ma.Jobourg [2]. Demandons votre intervention dans la baie du Mont-Saint-Michel : deux personnes se sont attardées lors du remontant.

Vu la proximité du but, nous répondons que nous allons d'abord débarquer le matériel pour les enfants et que nous repartirons aussitôt cap au sud. En accord avec le mécanicien, je décide qu'après l'atterrissage sur la falaise surplombant le port je ne couperai pas la turbine et que, rotor tournant, il déposera prestemment les colis.

On se pose à l'endroit convenu où un comité d'accueil de moniteurs et d'enfants nous attend. Nous apercevons alors un groupe d'une dizaine de jeunes hommes au teint basané qui se tient légèrement en retrait. Nous n'y prêtons pas trop d'attention : Hervé Le Gall saute à terre et entreprend le déchargement. Dès qu'il a fini, le groupe s'approche en restant prudemment à l'extérieur du disque du rotor. Les arrivants nous font des signes d'appel. Pensant qu'ils ont une communication à nous faire, le mécanicien va vers eux sans plus attendre. Il est à peine arrivé près d'eux que deux grands costauds rouquins l'encadrent et le saisissent aux épaules.

Il n'essaie pas de se dégager. Je me demande ce qui se

2. C.R.O.S.S.Ma : Centre régional Opérationnel de Surveillance et de Sauvetage en Manche-Mer du Nord.

passe car il me tourne le dos. Une brève discussion puis il fait demi-tour. Je vois alors son visage, grave et inquiet. Pour qui connaît Hervé, toujours souriant et jovial, ça n'augure rien de bon.

Il me fait signe de couper la turbine. Bien que pouvant encore, à cet instant, l'abandonner à son « triste sort », j'arrête le moteur et je rejoins mon équipier sans faire très attention aux manifestations de reconnaissance des enfants qui nous entourent.

Comprenant l'anglais, je réalise très vite que nous sommes considérés en situation irrégulière sur le territoire de Sercq. Nous apprenons que nous avons commis « une faute grave » en nous posant sur l'île. Connaissant les us et coutumes des habitants de ces lieux, nous pensons logiquement que nous allons être conduits dans une geôle en attendant que l'on statue sur notre sort.

Par chance, nous avons un argument qui peut nous éviter la prison : une autre mission d'urgence nous attend dans la baie du Mont-Saint-Michel. Nous expliquons cela à un personnage qui semble avoir des responsabilités. Il parle un français très correct. Nouvel interrogatoire. Supposant qu'il a de l'ascendant sur ses concitoyens, nous répétons qu'il nous faut décoller sans tarder pour porter secours à des gens en difficulté. Pour forcer sa décision de nous relâcher, je lui suggère de téléphoner au patron de l'aéroport de Guernesey qui connaît très bien la base de la Protection civile de Granville.

Notre homme s'exécute immédiatement et revient peu après l'air plus détendu. Il s'adresse aux îliens qui font cercle autour de nous et nous comprenons alors avec soulagement que ces messieurs n'auront pas « l'honneur » de nous conduire en prison...

Avec un peu — beaucoup... — d'hypocrisie, nous nous

confondons en excuses et en remerciements auprès de notre « sauveur ». Et sans demander notre reste, nous filons vers notre Alouette II pour nous « évader » sans plus tarder vers le Mont-Saint-Michel. Peu après notre envol, le C.R.O.S.S. Ma. nous apprendra qu'il n'a plus besoin de nous : les attardés de la marée montante ont réussi à regagner la terre ferme par leurs propres moyens.

De retour à notre base de Granville et craignant que notre équipée de Sercq ne provoque un incident diplomatique, j'alerte les autorités aéportuaires de Jersey avec lesquelles nous entretenons d'excellentes relations (par convention et par nécessité, nous intervenons fréquemment dans leur zone maritime). Elles insisteront auprès du bailli de Sercq pour qu'il mette un terme à cette affaire.

Quelques jours plus tard, nous recevons à la base deux articles de quotidiens paraissant dans les îles anglo-normandes. Dans le premier, il est question de « l'hélicoptère pirate » de la Protection civile française... Dans le second, accompagné d'une photo, il est dit que l'hélicoptère de Granville « est le deuxième à se poser sur l'île de Sercq après celui de la princesse Anne d'Angleterre »...

Un honneur qui avait failli nous coûter la prison !

# 6

# MORTS POUR LES VACANCES

Cette année-là sur la Côte d'Aquitaine, ils sont 680 sauveteurs, 442 gendarmes, aviateurs, marins, plongeurs, 238 policiers de C.R.S., maîtres-nageurs, qui tiennent les postes sur les plages, sans compter les sauveteurs nautiques de la Protection civile, les sapeurs-pompiers communaux et les S.A.M.U.

Tous sont animés d'un même esprit de dévouement.

Les 200 km de côte sont partagés entre les hélicoptères de la Gendarmerie et de la Protection civile. Tous disposent depuis peu d'un médecin et d'un matériel médical de réanimation. A leur bord se trouve également un maître-nageur plongeur des C.R.S., de la Gendarmerie ou de la Protection civile départementale.

Depuis le début de la saison, les hélicoptères ont effectué 279 missions, ils ont sauvé 99 noyés, retrouvé 27 enfants égarés, sans parler des accidents divers, insolations ou crises cardiaques. Ils ont ramené 23 corps aussi...

« Ce sont presque toujours des visages pâles qui se noient, pas les bronzés... » déclare un maître-nageur. « Ces gens arrivent et veulent se baigner. Ils oublient les recommandations, les traquenards de l'Océan. La joie d'être en vacances les rend imprudents. »

Mais peut-on reprocher aux étrangers d'ignorer les pièges de cette côte ? Peut-on reprocher aux naturistes sauvages de vouloir s'isoler ? Faut-il en vouloir à cet employé de refuser ces zones surveillées si étroites qui rappellent les colonies de vacances de son enfance ou l'encadrement qui l'étouffe toute l'année ?... Le problème est différent : la côte ne peut être surveillée partout, il faudrait être 10 000 personnes... D'où l'intérêt d'employer les hélicoptères.

L'appareil de la Protection civile est basé pour la durée de l'été à Lacanau-Océan et en ce 15 août 1974, après une matinée très calme, son rotor ne cessera de tourner que tard dans la soirée.

* * *

Un journaliste, Pierre Veilletet, écrira plus tard dans le journal *Sud-Ouest* :

« Cela commence comme une journée idéale de congés payés, modèle Léon Blum, rectifié Giscard d'Estaing. Apparemment, une bonne partie de la France annexe aujourd'hui la baie de Royan. Des colons débraillés ravivent un urbanisme très après-guerre. C'est un peu Boulogne-sur-Mer, adouci par la lumière charentaise. Dans cet étalage de corps nus, il est difficile de distinguer la France coupée en deux, à moins qu'elle ne le soit au niveau du nombril. Où sont les soutiens-gorge P.S.U. et les slips d'extrême-droite ? Des autocars déversent des cargaisons de vieilles Saintongeaises qui semblent aller au bain pour la première fois. Etrangères aux glissements de bretelles, ces aïeules trottinent en satin fermière, coiffées de chapeaux de paille à ruban, bas noirs et souliers blanchis de frais.

« Effrayé par cette foule, je tire au sud. Vers Lacanau-Océan, où je m'apprête à tricoter un reportage du 15 août d'une maille badine. Mêmes marchands de frites qui font leur beurre avec de vieilles huiles, mêmes Allemands qui pique-niquent près des blockhaus de papa.

« Brusquement, une grosse libellule rouge passe au ras des flots. Spectacle gai que les enfants saluent en criant.

« Spectacle sinistre et fascinant l'instant d'après.

« C'est l'hélicoptère de la Protection civile. Il se pose au beau milieu de la plage, chassant les ballons de volley-ball, les cerfs-volants et les badmintons. La foule se précipite. Je la suis. Le ronflement du rotor couvre les voix, le sable vole. Et brusquement, à toute vitesse, deux hommes charroient un corps vers une cahute de bois blanc.

« Je suis alors plongé dans un cérémonial dont je ne soupçonnais pas l'existence : celui de la mort balnéaire. Pour moi, un noyé, ce n'était jamais qu'une brève information en caractère gras à la une. Ici, c'est l'aile de l'angoisse qui interrompt un instant les jeux de plage. Quelques cris, une porte qui claque, un petit moment de silence. On entend un transistor qui continue de nasiller : « chère Petite Madame ». Attroupement de curieux au bas de l'escalier bourdonnant comme un essaim. Un gendarme, harnaché jusqu'à la suffocation, fait gentiment le service d'ordre. Mais dix minutes après, tout le monde a oublié.

« Pourtant, dans cette cabine de pacotille, des hommes couverts de sueur s'acharnent à ramener un souffle dans le corps inerte qui bleuit. Un sentiment d'horreur envahit celui qui observe les deux mondes : d'un côté le médecin, les sauveteurs et les gendarmes essayant d'arracher un inconnu à la mort bouffie des noyés, de l'autre les vacanciers repris par la moiteur béate du loisir. La mort, ce n'est pas leur affaire.

« Mais ce sera celle d'une femme entre deux âges qui arrive en trébuchant vers la cabine de surveillance, traînant en laisse un court roquet qu'elle étrangle à moitié. Elle sait déjà, elle se recroqueville sur les planches de bois. Un sauveteur la prépare, en lui parlant à l'oreille, à la nouvelle fatale. Cette femme en maillot de bain, dont le soutien-gorge ouvre sur une brûlure dérisoire, saisie dans un mouvement et un vêtement étrangers à toute idée de malheur, prise brusquement de sanglots secs, ne trouve d'autre ressource que de parler d'une façon inintelligible à son chien.

« C'est horrible. Quelqu'un la prend par le bras et la conduit enfin vers l'intérieur. C'est fini, son mari est mort. Elle vacille.

« A cinq mètres de là, les Apollons de Lacanau jouent au volley-ball en faisant rouler leurs biceps. Il émane de la mort par baignade une impression d'absurdité supérieure encore à celle qui escorte le cortège funèbre des catastrophes routières.

« Un frère, un amant, un fils disparaît en quelques minutes dans l'indifférence générale. Pas de sang, donc pas de spectacle. On n'est pas là pour s'apitoyer, mais pour bronzer (...).

« A nouveau, la grosse libellule rouge survole les rouleaux mousseux. Je ne pourrais mieux résumer l'incohérence de la situation qu'en signalant qu'au moment même où les pompiers couraient sur la plage, emportant un corps inerte, les baigneurs, inlassablement, se précipitaient, en dépit des avertissements, vers l'endroit où, tout à l'heure, avait succombé le mari de la femme au petit chien. »

* * *

Pris de malaise ou victimes de noyade, ce jour-là, dans le poste de secours, il en arrive de partout. Tout le monde est allongé à même le plancher et l'on ne sait plus qui est mort, qui ne l'est pas ou pas encore... L'horrible appareil respiratoire crache son air factice. Le jeune médecin enjambe un corps, puis un autre, on le voit, les traits tirés, pleurer sur ceux qu'il ne peut ramener à la vie.

Plus tard, la radio crachote à nouveau : on demande l'hélicoptère pour une recherche en mer à Royan mais il fait déjà route sur Montalivet. Et comment quitter ce secteur prioritaire où ça « craque » de partout ?

L'Alouette rouge arrive à la verticale du camp naturiste et de la plage de Montalivet. Le point de poser est balisé par une ronde d'humains dénudés et disciplinés. L'équipage et le médecin courent vers le poste de secours, les bras chargés de matériel. Ils arrivent auprès d'une jeune fille retirée des rouleaux il y a quelques minutes seulement. Autour d'elle, une dizaine de personnes nues. Seuls les maîtres-nageurs sont reconnaissables avec leur grande casquette à visière.

On frappe à la porte de la cabane en bois : c'est un prêtre qui, seulement vêtu d'une croix de bois autour du cou, offre également ses services. Il ne viendra pas pour rien. On recouvre le corps de la jeune fille, morte : sa nudité peut être effacée.

Quelques kilomètres plus loin, sur une autre plage, plusieurs personnes jouaient, heureuses, avant d'être à leur tour emportées par un courant démentiel. Un maître-nageur des C.R.S. a aussitôt plongé et, après avoir passé les rouleaux trois fois de suite, a pû ramener trois personnes. Complètement exténué en revenant sur la plage, c'est à moitié inconscient qu'il est transporté d'urgence au centre de réanimation de la polyclinique de Lesparre. Etrange destin pour celui qui, tant de fois, avait accompagné l'équipage de l'hélicoptère comme sauveteur-plongeur.

Témoin du drame, un sauveteur bénévole a voulu participer aux secours. Il a réussi à mettre deux baigneurs en lieu sûr. Mais à la seconde tentative, il n'a pas pû revenir. Un surfer s'est porté à sa hauteur pour l'empêcher de couler. Mais trop tard : treuillé par l'hélicoptère et déposé sur la plage, cet homme courageux mourra sous les yeux de sa femme.

En cette chaude après-midi d'un certain mois d'août 1974, pour l'équipage Vercoglio-Delafosse, à bord de l'appareil, ce sera la dix-septième intervention...

# 7

# LE TÉMOIGNAGE D'UN GUIDE DE HAUTE MONTAGNE

La quasi-totalité des récits qui alimentent ce livre d'aventures vécues a été recueillie auprès des équipages eux-mêmes, lesquels sont évidemment bien placés pour évaluer les difficultés d'une mission et en rendre compte.

Il est cependant nécessaire de donner la parole à l'un de ces accidentés qui se sont trouvés, un jour, à l'autre bout du câble du treuil et qui n'ont été sauvés que grâce à la rapidité et à l'efficacité du secours héliporté.

Le témoignage qu'on lira ci-dessous est d'autant plus significatif qu'il émane d'un guide de haute montagne, le morzinois Anselme Baud, professeur à l'Ecole nationale de Ski et d'Alpinisme de Chamonix, très connu pour ses ascensions dans tous les massifs du monde et également pour les livres qu'il a consacrés à la montagne et au ski.

Voici le témoignage d'Anselme Baud [1].

* * *

---

1. Le guide Anselme Baud a raconté cette aventure dans « Le Secours arrive du Ciel », un livre que René Romet a publié en 1976 aux éditions Hatier, avec un avant-propos du regretté maire de la Clusaz, Yves Pollet-Villard, professeur guide, grand spécialiste du secours en montagne ; et une préface de Jean Boulet, qui fut chef-pilote d'essais hélicoptères à la SNCASE puis à Sud-Aviation.

« Refuge d'Argentière, 30 août 1974, deux heures du matin : Jean Frank, le gardien, nous réveille en douceur comme d'habitude.

« Hier soir, en arrivant avec Patrick Vallençant, nous avons rencontré Jean Affanasieff qui, à défaut du client prévu, viendra avec nous à la voie des Suisses, dans la face nord des Courtes [2].

« Je ne suis pas pressé de partir, peut-être un pressentiment, mais le ciel étoilé du mois d'août nous invite à traverser d'un pas rapide le glacier d'Argentière. Les rimayes [3] inférieures de la face franchies, nous attaquons la première partie. Ces premiers deux cents mètres sont très raides. Heureusement que nous avons l'entraînement de la saison dans les mollets !

« Au relais, avec Patrick « sur la tête », je pense à ma maison de guide presque terminée, aux descentes à ski de couloirs ratées à cause du mauvais temps et du mauvais enneigement ; peut-être que cet automne avec la nouvelle neige...

« J'ai eu tort de m'inquiéter ce matin car les conditions sont très bonnes dans la face nord ; l'ambiance aussi est bonne, les principales difficultés étant franchies.

« Après deux cents mètres relativement faciles, la pente se redresse. Un bombement de glace nous cache maintenant la pente terminale. Un bon béquet de rocher pour le relais, Patrick me rejoint et reprend la tête. Je vérifie que le rocher sur lequel nous sommes tous les trois assurés est solide et, rapidement, je remets un anneau de corde supplémentaire. Peut-être encore un pressentiment ?

« Patrick, quinze mètres au-dessus, est passé derrière

---

2. Le refuge d'Argentière est à 2 771 mètres d'altitude. Les Courtes culminent à 3 856 mètres.

3. Rimayes : crevasses séparant la glace des parois rocheuses.

le bombement de glace et je ne le vois plus. En face de nous, les cordées de nos amis guides montent lentement à l'Aiguille d'Argentière, à Flèche Rouge, au Tour Noir, etc. Vers le haut, des nuages portés par un fort vent du sud roulent lentement sur le bassin d'Argentière, mais nous serons largement sortis avant le mauvais temps.

« Un cri... Mes doigts se crispent sur la corde ; en quelques dixièmes de seconde toutes les questions s'embrouillent... Patrick ? Non, la corde ne se tend pas. Une avalanche ?

« C'est fini, ma tête est vide. Plusieurs minutes passent ; je reprends lentement conscience. Patrick a crié en entendant siffler des pierres ; lui-même a reçu un éclat à la jambe, sans gravité.

« Derrière le bombement de glace, je ne pouvais rien voir : une pierre m'a fracassé la partie droite du visage et la clavicule. Une vive douleur au genou m'immobilise. Heureusement, mon auto-assurance était solide et a évité que je ne tire Patrick vers le bas.

« Tout est embrouillé dans ma tête mais je ne peux rien faire ; seulement compter sur mes deux compagnons. Evidemment, la tâche est loin d'être facile ; il faut absolument se dégager du couloir, à l'abri d'autres chutes de pierres.

« Jean, un peu plus haut, fixe un autre point d'amarrage et a repéré, vingt mètres à droite, un endroit moins raide où ils pourront m'installer. Avec beaucoup de mal, Patrick me hisse sur cette vague plate-forme et commence à me nettoyer sommairement. Mais il est très inquiet car beaucoup de sang coule au niveau de la trachée-artère.

« Pour nous, il n'y a qu'une solution : l'hélicoptère. Mais pourra-t-il manœuvrer dans cette paroi si raide ?

« En face, du Tour Noir, les cordées ont entendu des appels et comprennent à notre immobilité que nous sommes en difficulté. Averti à son tour, le gardien du refuge, après une rapide observation à la jumelle, prévient le P.G.H.M. [4] de Chamonix.

« Quelques minutes plus tard, l'hélicoptère de la Sécurité civile, piloté par René Romet, assisté du mécanicien Gilbert Mezureux, décolle avec deux gendarmes-guides. Avec ce très fort vent du sud en altitude, cela devient très difficile d'approcher la face et l'hélicoptère est dangereusement secoué. René, sachant que ce sont des guides pouvant se débrouiller pour le treuillage, décide de déposer les deux gendarmes en bas sur le glacier. L'appareil ainsi allégé sera plus maniable.

« Maintenant il s'agit d'approcher de la paroi. Les nuages descendent et ne sont qu'à quelques mètres au-dessus de nous. Inquiets, nous voyons l'appareil ballotté.

« Malgré les remous d'air, il approche, essaie le vol stationnaire. Nous distinguons à présent l'équipage dans la carlingue. Mais il repart et avec lui nos espoirs...

« Après une seconde observation, l'hélicoptère s'approche à nouveau et, dans les tourbillons de neige, nous voyons le treuilliste faire glisser la porte latérale. Le câble descend doucement mais s'arrête à quelques mètres de nous. Là-haut, Gilbert Mezureux sait que les vingt-cinq mètres de câble sont déroulés et fait signe au pilote de descendre encore. Il sait aussi que les pales frôlent de plus en plus près la paroi.

« Pour René, le pilote, la concentration est extrême. Crispé sur les commandes de l'appareil, il n'ose penser aux pierres qui pourraient se décrocher du sommet et les envoyer tous les deux six cents mètres plus bas...

« Gilbert lui demande encore de s'approcher. Alors, avec

4. P.G.H.M. : Peloton de Gendarmerie de Haute Montagne.

quelques mouvements latéraux, l'extrémité du câble commence à balancer de plus en plus. C'est gagné ! Jean l'a attrapé... Aussitôt, le pilote descend quelques mètres en s'écartant de la face.

« Patrick passe le harnais sous mes épaules et vérifie la fermeture du mousqueton. Impossible pour moi de parler et de lui faire comprendre que j'ai la clavicule brisée. Tant pis pour la douleur ! Il fait signe à l'hélicoptère et lorsque je suis arraché de la paroi, j'ai bien l'impression que mon épaule seulement va rester accrochée au harnais...

« Je suis déjà bien au-dessus de la face lorsque je débouche à l'intérieur de la carlingue. Ce n'est pas un spectacle très réjouissant pour René et Gilbert mais ils peuvent maintenant penser à respirer. Cinq minutes plus tard, je suis à l'hôpital de Chamonix, puis transporté à Grenoble pour une longue opération.

« Pour René et Gilbert, cela fait une vie sauvée en plus. Mais dans quelles conditions ! Sans les risques pris par l'équipage, je ne pourrais certainement pas écrire ces lignes.

« Malgré six jours de coma suivant une longue anesthésie ; trois opérations ; près de quatre mois d'hôpital, je peux reprendre six mois plus tard mes activités de moniteur et de guide. Encore une fois, grâce à cette merveilleuse machine qu'est l'hélicoptère, maîtrisé par la qualité professionnelle exemplaire et le dévouement extrême de l'équipage, un alpiniste a été sauvé. »

## 8

# LE PÈRE, LE FILS ET... LE « SAINT-VIGORD »

Deux pêcheurs de Granville, le père et le fils, ont vu la mort de près en cet après-midi du 14 février 1975. Réfugiés sur le mât de leur petit chalutier alors que celui-ci était en train de couler au large des îles Chausey, les deux hommes ont été sauvés au moment même où le navire s'abîmait dans les flots.

Tout a commencé vers 18 h 20 : à cette heure-là, la femme d'un pêcheur de Granville écoute les vacations radio des chalutiers en pêche, lorsque, subitement, elle entend un message de détresse :

« Une barque de pêche est en train de couler à deux milles à l'est du feu de la grande île de Chausey, aux Hughenants... Voici sa position... »

L'auditrice note soigneusement les coordonnées et téléphone aussitôt au commissariat de Granville, qui répercute l'alerte sans tarder vers le C.R.O.S.S. Ma. de Jobourg [1].

Il n'y a pas de temps à perdre. Un message radio est envoyé tout de suite à la base hélico de la Protection civile de Granville. En quelques secondes, l'équipage Graviou-Delafosse est prêt et décolle en direction de Chausey.

1. Centre Régional Opérationnel de Surveillance et de Sauvetage en Manche - Mer du Nord.

Dès 18 h 35, il aperçoit le petit chalutier, le « Saint-Vigord ». Ou, plus exactement, le mât de ce bateau qui dépasse tout juste des vagues. Les deux marins pêcheurs y sont agrippés et ils vont bientôt être submergés par les flots.

Pendant que le pilote manœuvre pour placer son « Alouette II » très précisément au-dessus des deux hommes, le mécanicien surveille la descente du filin qui sert à treuiller les naufragés.

Le plus jeune des deux marins — qui, un moment, avait tenté de s'échapper à la nage mais avait dû faire demi-tour — parvient à saisir ce filin et à passer le harnais de sauvetage. C'est alors la montée vers l'hélico qu'il rejoint grelottant de froid et claquant des dents : il est trempé et passablement « réfrigéré ».

D'en bas, son père, toujours agrippé au mât du « Saint-Vigord », a suivi la manœuvre avec soulagement : son fils est sauvé. Mais le mât continue à s'enfoncer dans l'eau et il est contraint de se jeter à la mer avant que le câble ne soit redescendu jusqu'à lui. Fort heureusement, un autre chalutier — celui-là même qui avait lancé le message de détresse — réussit à s'approcher malgré les nombreux écueils qui jalonnent ces parages. Le naufragé est récupéré juste à temps avant que son bateau ne fasse l'ultime plongeon.

A bord de l'hélicoptère, son fils est fortement commotionné. L'appareil met rapidement le cap sur Granville où, quelques minutes plus tard, le jeune homme est pris en charge par l'hôpital local. Ses jours ne sont plus en danger. Quant au père, il regagne son domicile dans la soirée, puis se rend au chevet de son fils.

Les deux hommes l'ont échappé belle...

## 9

# CELUI QUI NE VOULAIT PAS ÊTRE SAUVÉ

Les équipages de la Sécurité civile sont parfois confrontés à des situations curieuses. Comme, par exemple, celles que rapporte ici le pilote Michel Aubert, chef de la base de Grenoble.

* * *

« Ce mois de septembre 1970 nous ménage bien des surprises et la température, tantôt printanière, tantôt hivernale, nous oblige à effectuer des prodiges sur le plan vestimentaire. Mais pour les équipages, quel régal : la montagne est d'une pureté incomparable, elle s'est « purgée » tout au long de l'été et les retours sont fabuleux, les arbres nous offrant leurs plus belles teintes. On ne peut se lasser de cette variété que nous offre la nature.

« Deux jeunes alpinistes se sont engagés dans le pilier sud du Gerbier et ne sont pas rentrés. Les familles s'inquiètent et nous alertent.

« Il ne fait pas beau lorsque le pilote Alfred Leplus décolle. Il va toutefois effectuer une reconnaissance au pied de cette paroi, à la limite des nuages. Mais les recherches ne donnent rien.

« Je suis de permanence le lendemain et je décolle avec Gaby Montmasson comme mécanicien. Cette voie m'impressionne un peu : c'est la dernière que Lionel Terray a gravie. La météo n'est toujours pas très bonne. A bord se trouvent deux guides de la CRS 47.

« Nous arrivons face au Vercors. Il me faut évoluer entre les nappes nuageuses. Le pilotage, c'est mon affaire ; les autres regardent et cherchent.

« Soudain, Montmasson repère une corde : il a encore de bons yeux l'ancien !

« J'effectue un virage pour retrouver cet endroit et nous arrivons au niveau d'une petite vire sur laquelle se tiennent nos deux montagnards : l'un d'eux est allongé sur la neige fraîche, l'autre nous tourne ostensiblement le dos et tire sur sa corde.

« Coup d'œil complice avec Montmasson : on va essayer de poser une roue sur cette maigre vire. Le rotor ne passe pas très loin de la paroi mais l'appareil est stabilisé en appui sur la roue arrière gauche.

« Les sauveteurs descendent et se dirigent vers l'homme allongé. Il est blessé au bras. Les guides le placent rapidement à bord. Quant à son compagnon, il tire toujours sur sa corde. Le souffle et le bruit de l'hélicoptère ne l'ont pas effleuré : depuis 36 heures, ce rappel bloqué qu'il ne parvient pas à récupérer représente pour lui la seule planche de salut. Peu importent ce bruit et ce vent : il faut absolument dégager cette corde et continuer la descente pour retrouver les parents, les amis et la chaleur. Pour lui, les sauveteurs sont des intrus. Il tire encore plus fort, dépensant le peu d'énergie qui lui reste.

« Montmasson m'avertit que les nuages enveloppent à nouveau la paroi. Je dégage et quelques minutes plus tard le premier rescapé savoure une boisson chaude à Prélenfrey.

« Nous redécollons et attendons une éclaircie pour retrouver la petite vire que, maintenant, nous connaissons bien. Nouvel atterrissage et les deux guides montent à bord avec le montagnard. Heureusement que les deux gaillards sont solides car notre « client » ne semble pas avoir envie de nous rejoindre. Au cours de la phase de décollage, il continuera d'ailleurs à fixer cette p... de corde !

« Je n'ai jamais revu cet homme mais je pense qu'il est parfaitement équilibré. Le froid, la fatigue et les privations avaient momentanément modifié son psychisme. La leçon que j'en ai tirée, c'est qu'il nous faut intégrer cet élément dans les décisions que nous avons à prendre à l'occasion des secours que nous réalisons. »

* * *

Dans le même genre de mission curieuse, Michel Aubert a connu celle-ci.

* * *

« Août 1975, à la base de Grenoble, 20 h 40 : un appel téléphonique du poste de secours de la Bérarde fait état d'un blessé dans le tiers supérieur de la Mayer Dibona, voie particulièrement difficile de la face sud des Ecrins.

« Il faut faire vite : si le blessé peut être treuillé, nous réussirons la mission, sinon il passera une nuit en haute montagne.

« Le mécanicien Marc Lafond a déjà sorti la « machine » et nous décollons. Le soleil, depuis longtemps couché à Grenoble, se lève à nouveau lorsque nous arrivons à 2 000 mètres. Au passage, à l'Alpe d'Huez, nous embarquons deux gendarmes du GGHM [1] et nous montons à 3 500 mètres. Mais nous sommes trop lourds et nous nous posons en catastrophe sur la moraine du glacier de Bonne Pierre où nous laissons le gendarme Claudel et ses 80 kilos.

« Nous repartons pour une reconnaissance dans cette face que nous connaissons bien et nous découvrons le blessé et son camarade. Il fait presque nuit et nous n'avons pas une seconde à perdre. Je peux m'approcher suffisamment de la paroi pour que le treuillage soit possible. Afin de gagner du temps, nous ne descendons pas notre second gendarme.

« Par interphone, Marc Lafond me tient au courant de tout ce qui se passe au-dessous :

— La sangle descend. Un mètre à gauche. Un peu en avant. Là, vous êtes bien... Ne bougez plus.

« J'ai pris mes repères et je m'efforce d'obéir.

— Son copain l'a sanglé. Je le remonte... M... il est toujours assuré et fixé à la paroi...

« Le temps me paraît long. Les points de repère commencent à s'estomper dans la nuit.

« Et puis, miracle... l'assurance a été coupée. Gueulante du mécano ? Compréhension du compagnon de cordée ? Je ne saurai jamais. Toujours est-il que nous n'avons pas eu à enlever la moitié de la montagne pour déposer quelques minutes plus tard le blessé à la Bérarde. »

1. GGHM : Groupe de Gendarmerie de Haute Montagne.

## 10

## NAUFRAGE D'UN PÉTROLIER

Dans la nuit du 17 juillet 1975, vers 1 h 45, Jersey-Radio informe le C.R.O.S.S.Ma. [1] de Jobourg : un pétrolier britannique vient de s'échouer sur les rochers dans le sud-ouest d'Aurigny, à proximité des îles anglo-normandes et du Cotentin. Il s'agit du *Point-Law*, un pétrolier caboteur immatriculé à Londres et appartenant à la Shell-BP. C'est un bâtiment de 2 221 tonnes de port en lourd construit en 1967 et mesurant 75 mètres de longueur.

Fort heureusement, le navire est à vide. Il ne lui reste que 40 à 50 tonnes de résidus pétroliers. Mais, cette nuit-là, la mer est dangereuse : il y a le passage de la perturbation annoncée la veille.

A bord, les quatorze membres d'équipage prennent toutes les dispositions en vue du renflouage et de l'évacuation possible du bâtiment. Le commandant donne lui-même à la radio le compte rendu de la situation : la cale avant présente une grande déchirure et une importante voie d'eau noie le compartiment des machines.

Six hommes prennent place à bord d'une baleinière de sauvetage. Le commandant garde auprès de lui huit hommes pour tenter l'impossible.

---

1. Centre Régional opérationnel de surveillance et de sauvetage en Manche-Mer du Nord.

Le centre de Jobourg reçoit l'appel et demande aussitòt au remorqueur « Toucan » de prendre la mer pour aller assister le pétrolier échoué. Le navire de Cherbourg franchit la passe de l'Ouest vers 3 heures et arrive sur place à 5 h 50. C'est un remorqueur de 1 400 CV et de 22 tonnes de traction au croc qui a déjà assisté de nombreux bateaux.

Le « Toucan » s'approche au plus près du pétrolier en détresse. Il ne lui reste que 200 mètres sur la ligne des dix mètres de profondeur : impossible d'en faire davantage en raison des creux et de la présence de nombreux récifs.

Deux vedettes de sauvetage, l'une de Jersey, l'autre de Guernesey, arrivent sur les lieux. Mais l'approche du navire blessé leur est également impossible. On tente alors d'installer des cordages à partir de la falaise. Las ! ce va-et-vient s'avère très peu efficace.

Le centre de sauvetage de Jobourg décide de mettre en alerte l'hélicoptère de la Protection civile de Granville. On vient de signaler un blessé à bord du pétrolier : l'hélico pourra assurer son évacuation.

A la base hélicoptère, l'équipage de permanence Graviou-Delafosse s'apprête à décoller. Le matériel habituel de secours en mer est installé à bord. Il est 5 heures du matin, le jour se lève à peine. On demande à l'équipage d'intervenir sur un navire en perdition, sans précisions complémentaires.

La petite « Alouette II » met le cap sur l'île d'Aurigny. Le vent souffle de plus en plus fort, les vagues se font toujours plus menaçantes pour le pétrolier qui, jusqu'ici à peu près stabilisé sur les rochers, se met à se balancer sous l'effet de la marée montante. Le commandant espère encore sauver son bateau et, par radio, demande l'hélitreuillage d'une moto-pompe dès l'arrivée de l'hélicoptère.

La voici, cette « Alouette II » de la Protection civile qui survole les lieux de l'accident, se pose rapidement et embarque le matériel demandé. Mais la situation s'est encore aggravée : les vagues lèchent le pont du navire au moment où deux hommes réceptionnent la moto-pompe treuillée. Tous les marins s'activent fébrilement dans un désordre qui annonce la panique...

Dans un bruit assourdissant, à peine couvert par le vacarme de la mer et du vent, le pétrolier, à présent violemment secoué, cogne sur les rochers. Un à un, les marins abandonnent leur poste. Et toute initiative devant les éléments déchaînés révèle l'inanité de leurs efforts.

Enfin, le commandant décide de donner l'ordre d'évacuation complète. Mais il est trop tard : il n'est plus possible de descendre une chaloupe à la mer. Reste une seule consigne : se réfugier à l'avant du navire, seul endroit encore un peu stable sur les récifs. L'hélico survole de plus près l'épave dont la position a très vite dégénéré. Le pilote transmet aussitôt un état de la situation au C.R.O.S.S.Ma. et propose de tenter le sauvetage avant qu'il ne soit trop tard pour le personnel resté à bord du bateau en perdition.

Cette « Alouette » rouge attire tous les regards : elle constitue le seul moyen de secourir les neuf hommes blottis à l'avant de l'énorme masse d'acier déboussolée.

En raison de la force du vent et de la proximité de la falaise, le treuillage à l'avant du pétrolier s'avère impossible. Par gestes, le mécanicien-treuilliste, penché à l'extérieur de l'hélicoptère, tente de faire comprendre aux marins que le seul endroit propice est situé sur le pont arrière. Car aucune liaison radio n'est alors possible entre le bateau et l'hélicoptère (et celui-ci ne dispose pas de haut-parleurs). Tout message s'effectue donc par gestes, ce qui, évidemment, ne facilite pas les choses.

Deux des marins se décident alors à quitter leur position de refuge pour longer le navire et grimper sur la petite passerelle arrière, seul endroit de dégagement. Au passage de chaque train de vagues, le pétrolier se soulève, tape sur les rochers et retombe lourdement.

Guidé par les deux hommes, l'hélicoptère s'efforce de suivre les balancements désordonnés du navire afin que les marins parviennent à saisir la sangle de sauvetage. L'extrémité du mât de charge se fait de plus en plus menaçante pour les pales de l' « Alouette II » et le vent rabattant issu de la falaise n'arrange rien.

Le premier marin arrive enfin à se saisir de la sangle d'une main. Mais il s'assoit à l'intérieur au lieu de s'arrimer correctement sous les bras. Le treuilliste lui fait signe de rectifier sa position mais l'homme ne comprend pas. Et brusquement il est hissé dans les airs : s'il vient à lâcher le câble des deux mains, il risque le grand plongeon...

Rapidement déposé au sommet de la falaise, ce marin, le sol à peine touché, se débarrasse en vitesse de son siège improvisé : on ne saura pas si c'est la peur qui le guide, ou bien, tout simplement, si c'est le buisson épineux sur lequel il se trouve qui lui fait prendre la poudre d'escampette !

L'hélicoptère effectue une deuxième rotation, arrache deux autres hommes au navire ballotté dans la tourmente et les dépose sur la falaise. Il revient pour une troisième rotation, puis une quatrième, sans cesse en mouvement pour conserver, tant bien que mal, la verticale de la passerelle arrière, le temps nécessaire à chaque treuillage.

Soudain, une violente explosion se produit à bord du pétrolier. De la grosse cheminée s'échappe un énorme panache de fumée opaque qui se dirige dangereusement vers l' « Alouette II ».

Alerté à temps par le mécanicien de bord, le pilote procède aussitôt à une manœuvre d'esquive qui évite le pire. En effet, cette fumée, dense et noirâtre, résultant de l'envahissement de la salle des machines par l'eau de mer, aurait certainement causé l'extinction de la turbine de l'hélicoptère.

Le nuage un peu dissipé, l'appareil se présente à nouveau. La sangle redescend, tournoyant dans le vent. Bras tendus, l'un des marins la saisit et, bizarrement, accroche le câble à la rambarde métallique du pont arrière. A bord de l'hélicoptère, c'est l'angoisse. Le treuilliste détend son câble au maximum et en informe le pilote qui, aussitôt, se concentre sur le sectionnement pyrotechnique. Toujours par gestes, le mécanicien parvient à se faire comprendre et à faire dénouer son câble sauveteur.

Sixième et septième rotations : il ne reste plus que deux hommes sur le pétrolier échoué, dont le commandant.

C'est alors que se produit un craquement sinistre et que le navire se brise en son milieu. Les deux hommes, quelque peu « secoués », s'agrippent sur la passerelle arrière. Le harnais de sauvetage descend une nouvelle fois, toujours dévié par les rafales de vent. Et il s'enroule malencontreusement autour de l'une des nombreuses antennes de radio du pétrolier que l' « Alouette II » avait réussi jusqu'ici à éviter.

En faisant tournoyer le câble à la main, le treuilliste parvient à le libérer : la sangle se décroche et tombe juste... dans les bras des naufragés.

Le premier de ces naufragés est hissé à bord de l'aéronef de la Protection civile. Il ne reste plus sur ce navire agonisant, tradition oblige, que le commandant. Le voici qui monte à son tour, de la mer au ciel, pendu au bout du filin d'acier. Contre sa poitrine, il serre une précieuse mallette de documents. Et son regard ne quitte pas son bateau qui vomit de ses flancs des résidus noirâtres.

Tout est terminé : livré à présent aux caprices des flots déchaînés, le *Point-Law* ne reprendra jamais plus la mer. Il a achevé ici son dernier voyage.

# 11

# COINCER LA BULLE N'EST PAS TOUJOURS DE TOUT REPOS

Au cœur de la ville de Grenoble, enjambant d'abord l'Isère, puis montant au-dessus de l'agglomération pour déposer ses passagers sur l'un des plus spectaculaires belvédères des Alpes, le téléphérique de la Bastille est fort célèbre. De là-haut, en effet, on découvre un immense panorama : une vue quasiment aérienne sur les vallées de l'Isère et du Drac, sur le Vercors et la chaîne de Belledonne.

Mis en service en septembre 1934, rénové par la suite, notamment en 1951, il a été entièrement transformé et modernisé en 1976, ses dix nouvelles cabines toutes rondes étant rapidement surnommées « les bulles ».

Cette cure de rajeunissement achevée, l'inauguration a lieu le samedi 18 septembre 1976 et les Grenoblois, autorités en tête, sont très nombreux à assister à cette « première » marquée, entre autres réjouissances, par les aubades de la fanfare du 6e Bataillon de Chasseurs Alpins et de l'Orchestre symphonique de l'Académie d'Accordéon et par les productions de plusieurs groupes folkloriques.

C'est dans cette atmosphère de fête en l'honneur de l'une des principales attractions touristiques de Grenoble que, dans l'après-midi, survient un incident technique : un déraillement de poulie sur le câble porteur stoppe net la rotation des bulles. Résultat : plusieurs dizaines de personnes sont bloquées à l'intérieur des nacelles suspendues dans le vide et transformées en étuves sous l'effet d'un chaud soleil.

Cet incident va provoquer l'une des opérations de secours les plus spectaculaires — au plein sens du terme — qu'ait entrepris un équipage de la Sécurité civile : d'abord par le nombre des personnes treuillées ; ensuite parce que d'innombrables témoins, les uns sur place, en bas ou en haut, les autres aux fenêtres des maisons, assisteront en spectateurs au sauvetage des « naufragés des bulles », comme le rappelle le pilote Michel Aubert, chef de la base hélicoptère de Grenoble-Le Versoud.

* * *

« Ce samedi-là, je goûte à mon domicile un repos agréable. Vers 16 h 30, le pilote de permanence à la base, Claude Bruxelles, me téléphone :

— Nous sommes appelés pour un secours à la Bastille : les bulles sont bloquées...

« Diable, le jour de l'inauguration ! Je pressens qu'il va falloir effectuer un nombre important de treuillages et que ce travail va être fatigant pour l'équipage. Je décide donc d'apporter mon renfort à cette opération.

« Je ne suis pas un citadin. Je connais les sentiers, les chemins, les sommets. Mais pour monter à la Bastille, c'est mon épouse qui prend le volant. Là-haut, je retrouve l'Alouette rouge avec Claude Bruxelles et le mécanicien de bord Marc Lafond, ainsi que les sauveteurs, CRS et pompiers.

« Après un rapide briefing, nous décollons pour une reconnaissance. Le vent nous gêne un peu ; nous manquons de références et de points de repère. Pourtant, à cheval sur le câble porteur, les torons nous guident et nous permettent de tenir un stationnaire correct.

« L'opération s'engage : descente d'un sauveteur sur les bulles puis remontée des « rescapés ». Pendant deux heures, nous allons ainsi procéder à une cinquantaine de treuillages. Je crois que ce jour-là nous avons battu un record, non seulement par le nombre mais aussi par la diversité des personnes pendues au bout de notre câble : depuis un enfant de deux ans, le petit Franck, qui était dans une cabine avec ses grands-parents, jusqu'à un monsieur de 82 ans, en passant par une religieuse et même... un chien.

« C'est d'ailleurs cet animal qui nous donne le plus de soucis : son maître ne voulant pas quitter la bulle sans lui se passe la laisse autour du cou... Après tout, c'est bien la place d'une laisse ! Au moment du départ hors de la cabine, petit moment de panique : le maître lâche son chien. Dans l'interphone, j'entends aussitôt la voix de Marc Lafond :

— Il fait sa crise... Il se convulse... Prévenez le SAMU !

« Heureusement, Médor n'est pas un molosse et nous les remontons tous les deux. Dès qu'il est à bord, le maître reprend ses esprits, consciencieusement léché par son compagnon à quatre pattes un peu effarouché.

« Quant à la religieuse, arrivée dans la carlingue après sa « promenade » dans les airs, elle me tape sur l'épaule en répétant :

— Mon brave Monsieur, quelle aventure ! Quelle aventure !

« Par l'interphone, je demande à Marc Lafond d'intervenir pour la calmer car il me faut tout de même continuer à tenir les commandes avec précision. »

* * *

Les treuillages succèdent aux treuillages au-dessus de la ville. En bas, sur les quais de l'Isère, les spectateurs s'amassent, le nez en l'air, regardant ces « numéros » dignes du funambulisme. Dans le Jardin de Ville, à côté de la gare inférieure du téléphérique, l'un des groupes folkloriques dauphinois chante et danse. Ailleurs, pour détendre l'atmosphère, la fanfare du 6e B.C.A. joue un air de temps en temps. Du spectacle, en bas et en haut...

Finalement, grâce à l'intrépidité des sauveteurs acrobates et à la dextérité de l'équipage de l'hélicoptère, tous les « coincés des bulles » se retrouvent sains et saufs sur la terre ferme, après plusieurs heures de drôles d'émotions.

* * *

« L'opération terminée, je quitte l'Alouette qui repart à la base. Je récupère ma voiture et je descends à la gare inférieure. Quel monde ! C'est alors que je me suis rendu compte que « la salle » était comble et que nous avions joué à guichets fermés... Beaucoup d'artistes auraient pû nous envier !

« Techniquement, cette opération n'avait pas été très difficile. Elle eut toutefois un grand retentissement, justement parce ce qu'elle s'était déroulée devant des milliers de spectateurs. Combien de secours, combien de sauvetages en montagne sont bien plus délicats, mais le public y est toujours absent ».

* * *

Une quarantaine de jours après cette inauguration mouvementée, les bulles du téléphérique de la Bastille reprenaient leur noria, le samedi 30 octobre 1976.

# 12

# PANIQUE DANS LES VAGUES

A Lacanau, près de Bordeaux, un hélicoptère de la Sécurité civile est accueilli pour la durée de l'été 1976. Ses équipages vont alors se relayer pour assurer l'alerte. La saison estivale s'annonce très chargée. En effet, en cette période particulièrement chaude — l'été 1976, en ce domaine, battra tous les records dans l'Europe entière — les vacanciers français et étrangers arrivent en force pour apprécier les charmes et le soleil de la côte Atlantique. Venus du Nord toujours plus nombreux, Allemands, Hollandais et Belges s'élancent chaque jour dans les fortes vagues de l'océan. Les autorités communales et départementales sont chargées d'assurer leur sécurité et les événements du 12 juillet vont prouver que cette tâche n'est pas des plus faciles.

* * *

Dans l'après-midi de ce jour-là, vers 14 heures, cinq vacanciers hollandais et allemands mettent à l'eau un canot en plastique. Ils font partie d'un groupe d'une dizaine d'estivants restés seuls sur le sable à l'heure du déjeuner. A bord de l'embarcation, ils s'éloignent, confiants et détendus, ignorant qu'ils sont juste sur l'une des « baïnes » [1] de la plage, l'une de ces coulées entre deux bancs de sable que l'on trouve partout ailleurs sur la côte et qui sont parcourues d'un courant violent entraînant en haute mer.

Tout à coup, alors que des nageurs épuisés sont venus s'accrocher au canot, l'embarcation chavire et ses occupants sont pris dans le courant. A leurs cris, une panique se déclenche sur la plage. Plusieurs personnes — dont l'une ne sait même pas nager — se jettent à l'eau pour leur venir en aide ; d'autres déroulent les filins des maîtres-nageurs sans savoir les utiliser ; quelqu'un fait même monter le drapeau rouge qui ne sert qu'à désigner la zone de baignade interdite.

Quand les maîtres-nageurs sauveteurs C.R.S., qui déjeunaient plus loin, sont alertés, ils doivent tout d'abord retirer de l'eau une douzaine de personnes qui sont au premier stade de la noyade. Lesquelles personnes s'éclipsent discrètement après avoir reçu les premiers soins !

Prévenu trop tardivement, l'équipage de la Sécurité civile arrive au plus vite. Le bilan est déjà très lourd : quatre morts, plus une personne en état de coma dépassé qui succombera plus tard malgré tous les soins qui lui ont été prodigués.

L'année précédente déjà, plusieurs baigneurs s'étaient noyés sur ce même secteur de plage. Cette fois-ci, l'hélicoptère ne peut en treuiller qu'un seul et le déposer sur le sable près des médecins réanimateurs de la polyclinique de Lesparre venus en force par la route. Puis l'appareil repart au large, une jeune allemande étant toujours portée disparue. Mais en vain. Au retour, son père vient supplier l'équipage Michel Durand-Francis Delafosse de continuer les recher-

1. Baïnes : retenues d'eau partiellement ou complètement isolées de la mer par une bande de sable.

ches : le pauvre homme ne sait pas que sa fille a coulé et qu'il n'y a plus rien à faire pour elle...

On demande encore à l'équipage d'évacuer un rescapé sur l'hôpital. Mais le mécanicien de bord décèle un bruit anormal dans le turbo-moteur de l'Alouette. D'ailleurs, il lui faut rentrer pour un complément de plein de kérosène.

Les paramètres des instruments de bord sont restés corrects. Alors, laissant là son médecin, le docteur Claude Gamain, l'hélicoptère quitte la plage en direction de la base où des vérifications supplémentaires pourront être effectuées. Mais après cinq minutes de vol dans des conditions normales, c'est soudainement la panne de moteur, brutale et complète...

A droite : l'océan. A gauche : la forêt. Pour le pilote Michel Durand, la large bande sablonneuse des dunes offre un point idéal d'atterrissage en catastrophe. L'appareil descend rapidement et, à l'impact, il glisse dans le sable de toute la profondeur de ses patins.

A bord, deux regards se croisent, soulagés. Et l'on esquisse un sourire de satisfaction. Les deux hommes quittent leur machine volante désormais inutilisable. Appelé en renfort, l'hélicoptère de la base de Bordeaux les récupère encore tout heureux d'avoir échappé au plongeon : quinze minutes avant cette panne, ils étaient au large...

Quelques jours après, l'hélicoptère de remplacement retournera sur les lieux par la plage et son équipage repèrera un corps ballotté par les vagues. Il se posera et découvrira, ruisselant de sable et couvert de crabes, le corps de la jeune fille allemande disparue. Son père ne comprendra jamais comment et pourquoi ses vacances se terminent ainsi et, sans elle, il s'en retournera.

* * *

Après une telle accumulation d'accidents, on ne pouvait mettre en cause uniquement l'ignorance ou l'imprudence de ces nombreux touristes. Aussi, ces événements de juillet 1976 furent-ils l'occasion d'un examen plus approfondi du système de prévention et de secours aux noyés, afin de minimiser à l'avenir les conséquences de pareils drames.

## 13

# TRENTE MINUTES DE STATIONNAIRE DANS LES NUAGES

Le 17 août 1976, sur la base Sécurité civile de Grenoble-Le Versoud, l'équipage Alfred Leplus-Michel Lamousse [1] est de permanence lorsque, vers 18 heures, le poste de secours de la Bérarde donne l'alerte : une cordée est en perdition au col des Ecrins (3 367 mètres), dans le massif de l'Oisans. L'un des alpinistes est blessé.

L'Alouette F-ZBBC décolle aussitôt du Versoud. En montagne, le temps est médiocre, les nuages sont bas et collent aux parois.

A la Bérarde, l'équipage embarque trois sauveteurs C.R.S. Deux d'entre eux sont déposés sur le glacier au pied du col avec un matériel de liaison radio, à proximité de l'alpiniste qui est descendu pour demander du secours. Son compagnon de cordée, avec lequel il faisait la traversée des Ecrins, a été victime d'une chute. Une jambe cassée, il est bloqué dans la paroi, accroché à sa corde. Tous deux sont des montagnards expérimentés et ils sont bien équipés.

De l'hélicoptère, on localise rapidement le blessé et, à la faveur d'une trouée dans les nuages, on descend près de

1. François Schmidt, pilote et Michel Lamousse, mécanicien, ont trouvé la mort en service commandé le 3 février 1984 : leur hélicoptère s'est écrasé en montagne lors d'une mission entre Bourg-d'Oisans et Villard-Reymond.

lui au treuil le troisième C.R.S. muni d'une civière. La visibilité étant de plus en plus mauvaise, l'Alouette dégage sans tarder.

Au bout de quelques minutes, le sauveteur fait savoir par radio qu'il a préparé l'alpiniste sur la civière et qu'on va pouvoir le hisser à bord.

* * *

« Nous sommes juste au-dessus des deux hommes, raconte Alfred Leplus. Profitant d'une nouvelle trouée, nous plongeons vers eux et nous nous mettons tout de suite en position de treuillage. Mais les choses s'aggravent brusquement : alors que nous commençons à remonter la victime, les nuages enveloppent complètement l'hélico. C'est fini : on ne voit plus rien, ni en haut, ni en bas ! Nous sommes noyés dans la crasse. »

Michel Lamousse rentre au plus vite le blessé dans la machine, puis récupère à son tour le sauveteur.

Désormais, la situation est délicate : pour seule référence visible, l'équipage n'a plus qu'une portion de rocher de la paroi, à quelques mètres droit devant. Dans cette position plus qu'inconfortable, l'Alouette va rester une trentaine de minutes, descendant palier par palier, comme un ascenseur s'arrêtant à chaque étage, pour tenter d'échapper au piège.

« C'est là qu'on regarde attentivement la jauge du carburant, commente Alfred Leplus. Et puis voilà que la nuit s'amène... Ça commence à devenir très inquiétant. »

Du glacier en contrebas arrive un message radio : les C.R.S. indiquent qu'ils sont hors des nuages, le plafond étant à une cinquantaine de mètres au-dessus d'eux. Il va donc bien falloir s'évader par le bas.

« Lamousse ouvre la portière et, penché vers l'extérieur, se concentre sur les quelques mètres de rocher qu'il distingue, de manière à me renseigner. C'est ainsi que, de dix mètres en dix mètres, nous descendons précautionneusement le long de la paroi que nous venons « téter » à chaque « étage » pour bien nous resituer. Nous faisons comme cela une dizaine de paliers. C'est interminable. Et la jauge ?... ».

Enfin, tout à coup, Michel Lamousse s'écrie :

« Ça y est : j'aperçois le glacier au-dessous... »

Au même moment, dans les écouteurs, la confirmation arrive du bas, rassurante :

« Vous sortez des nuages ! J'aperçois la queue de l'hélico ! »

A bord, on pousse un grand « Ouf ! » de soulagement. Les occupants de l'appareil sont tirés d'affaire après trente minutes d'extrême tension nerveuse. Et l'Alouette s'en va, sans plus de problème, se poser à la Bérarde où elle atterrit vers 20 heures.

* * *

De retour à la base de Grenoble, le pilote Alfred Leplus, alias « l'Ancien » (il est aujourd'hui à la retraite), remplira comme de coutume la main courante. Après les indications traditionnelles, comme par exemple les heures de décollage et d'atterrissage, il inscrira cette appréciation laconique :

« Mission la plus périlleuse de ma carrière. »

# 14

## VERSION FRANÇAISE DES « DENTS DE LA MER »

Tous les récits de ce livre ont le souci de l'exactitude et de l'authenticité. Ils sont situés dans le temps, avec les noms des protagonistes, des lieux ; et la plus grande précision quel que soit le caractère pour le moins étonnant de certaines situations. Contrairement à d'autres ouvrages qui ont tendance, parfois, à déborder des simples faits. Cependant, on comprendra pourquoi l'histoire qui va suivre respecte un complet anonymat.

* * *

Bien des romans et œuvres cinématographiques se sont efforcés de satisfaire leur clientèle grâce à des sujets et à des scénarios traitant, par exemple, de la présence supposée de monstres marins dans les milieux balnéaires. Fort heureusement, dans la réalité, il n'y avait jamais eu, à notre connaissance, le moindre cas de baigneur ou de navigateur agressé en bordure de nos côtes métropolitaines par un requin. Nous pouvons toutefois témoigner d'événements survenus il y a quelques années en France.

Cela se passe par une chaude journée d'été, dans une station du bord de mer. C'est la fin d'un bel après-midi. Un maître-nageur veille sur un secteur de baignade déjà bien éclairci. Le soleil n'a pas encore rejoint l'horizon et seul un ronronnement de moteurs vient troubler les bruits habituels de la plage.

Le surveillant jette un œil désabusé sur deux petits avions de tourisme qui font route l'un vers l'autre. Soudain, un choc fracassant confirme leur collision.

Mêlés à la ferraille, des corps sont projetés dans tous les sens. Le responsable du poste de secours transmet aussitôt un appel de détresse à la base hélicoptère de la Sécurité civile la plus proche :

— Base hélico, base hélico, ici le poste de secours de... Nous venons de voir deux avions s'écraser en mer à environ 400 mètres du rivage. Pouvez-vous intervenir tout de suite ?

— OK, bien reçu.

Sans perdre une seconde, l'équipage de permanence saute dans l'appareil. Un maître-nageur plongeur et le médecin de garde prennent également place à bord.

L'Alouette III rouge décolle. En vol, l'appel est confirmé : il faut faire vite, il y a peut-être des survivants.

Quelques minutes plus tard, l'hélico arrive à la verticale de la zone du crash. De nombreux débris flottent à la surface de l'eau.

— Regardez, là : un homme attaché sur son siège, dit le pilote.

Le plongeur saute à la mer. L'Alouette est à environ trois mètres au-dessus de l'eau. Le mécanicien treuilliste accroche la sangle de sauvetage et déroule son câble.

Le plongeur parvient à libérer l'accidenté qui est inanimé. Attaché à la sangle, on le remonte à bord de l'hélico et on le dépose sur la plage avec le médecin. L'appareil retourne sur les lieux et récupère un deuxième, puis un troisième accidenté, de la même manière.

Une dernière rotation permet à l'équipage, pilote et mécanicien, de lire l'immatriculation de l'un des avions sur un bout d'aile resté en surface. Quelques documents et objets divers sont retrouvés.

Avant de quitter les lieux après un dernier survol, une quatrième victime est repérée à plus de cent mètres des morceaux d'épaves.

Le pilote de l'hélicoptère raconte :

— Alors que je m'apprête à donner le « top » au plongeur pour qu'il resaute à l'eau, j'aperçois une masse sombre surgir des profondeurs de la mer : c'est un énorme requin. Il doit bien faire cinq mètres de longueur... Certains requins ne sont pas dangereux pour l'homme mais j'ordonne au plongeur de rester à bord et de surseoir au repêchage, ce qu'il accepte bien volontiers, on le comprend...

— Tous les regards se fixent sur la bête. Le spectacle est terrifiant. Le requin se retourne sur le dos, la gueule grande ouverte et il déchiquette sauvagement le corps de notre dernier accidenté... Une sinistre couleur rouge entoure la scène.

— En voilà d'autres, lance alors le mécanicien.

Certainement attirés par l'odeur du sang, trois autres requins, l'un de trois mètres environ, les deux autres plus petits, arrivent « en renfort ». Pendant plusieurs minutes, ils s'acharneront sur le corps disloqué dont les restes s'évanouiront vers les fonds en traînant derrière eux les quatre carnassiers.

— J'ai pourtant balancé toute la poudre anti-requin des gilets de sauvetage, s'exclame le mécanicien.

Commentaire du pilote :

— Il ne nous reste plus qu'à témoigner de ce drame que nous ne serons pas près d'oublier, surtout le jour de notre prochaine baignade.

## 15

# UNE MISSION FRANCO-ALLEMANDE SUR LE RHIN

17 mai 1979 : une journée d'alerte habituelle à la base Sécurité civile de Strasbourg-Entzheim. L'hélicoptère est prêt à décoller en moins de quatre minutes ; le médecin réanimateur est de permanence à la base avec l'équipage, comme chaque jour depuis mars 1977.

* * *

« Ce jour-là, raconte le pilote Jean-Pierre Demercière, alors chef de la base de Strasbourg, nous avons avec nous un photographe, Jean-Claude Stamm, qui effectue un reportage sur les missions sanitaires primaires : interventions directes sur les lieux de la détresse.

« Il est environ 19 heures. Nous avons déjà assuré deux secours pour des accidents de la circulation. Le SAMU de Strasbourg, qui est en liaison directe avec la base, nous demande alors d'intervenir pour une collision sur le Rhin entre deux péniches transportant l'une du gaz, l'autre du carburant, collision qui s'est produite à la hauteur de Lauterbourg, localité du Bas-Rhin sur la frontière franco-allemande. Aucune précision sur le nombre de victimes, ni sur le point exact de l'intervention.

« Nous décollons immédiatement et nous mettons le cap sur Lauterbourg. Après vingt-cinq minutes de vol environ, nous arrivons sur les lieux de l'accident. Notre seul contact radio est le SAMU strasbourgeois qui n'a toujours pas de renseignements supplémentaires. Nous survolons le secteur pour nous faire une idée de la situation. Sur le Rhin, en plein milieu du fleuve, les deux péniches sont là immobilisées, à l'ancre, en partie brûlées. Personne à bord, pas d'embarcation à proximité.

« Sur la rive française sont massées plusieurs centaines de spectateurs : tout le monde nous regarde mais personne ne nous fait signe d'atterrir. Il n'y a aucun point de poser possible, la foule occupant totalement la berge. Nous décidons donc de survoler la rive allemande. Là encore, beaucoup de monde dont un certain nombre de personnes nous faisant comprendre à grands gestes que nous devons nous poser. Non loin de là, nous apercevons des ambulances.

« Nous ne sommes plus en contact avec la tour de contrôle de Strasbourg et nous n'avons pas déposé de plan de vol pour le franchissement de la frontière. Il faut cependant prendre rapidement une décision : elle sera de se poser en Allemagne. Nous verrons par la suite ce qu'il y a lieu de faire ».

« A l'atterrissage, nous trouvons sur place plusieurs secouristes qui attendent manifestement un hélicoptère mais ne pensent pas un seul instant qu'il puisse être français. Les blessés légers ont déjà été évacués par ambulances routières. Restent deux brûlés dont l'état est très grave. Ni le médecin réanimateur, ni moi ne parlons allemand, ou très peu. Par chance, le photographe est alsacien et nous sert d'interprète. Notre médecin commence le conditionnement d'un des brûlés. L'opération s'avère particulièrement longue et difficile car la victime est dans un état critique, brûlée à 90 %. Il est quasiment impossible de lui poser une voie veineuse. La seule veine accessible sera trouvée sur le coup de pied ».

« Vingt minutes environ après notre atterrissage arrive l'hélicoptère allemand, un Jet Ranger, basé à Karlsruhe. Etonnement de son équipage qui apprend notre intervention plus rapide bien que nous ayons eu sensiblement le double de distance à franchir. Pour nous, ceci est une confirmation de l'excellente régulation assurée par le SAMU de Strasbourg qui nous permet non seulement d'éviter bon nombre de fausses alertes mais surtout d'intervenir dans les meilleurs délais tout en gardant un contact radio permanent.

« Pendant que le médecin de l'hélicoptère allemand porte secours au deuxième brûlé, les deux pilotes font le point pour décider de la suite à donner à cette opération en territoire allemand. Le pilote de Karlsruhe souhaite l'évacuation des deux victimes sur l'hôpital de Ludwigshafen qui est doté d'un service spécialisé dans le traitement des grands brûlés. Pour l'équipage allemand, aucun problème. Mais pour nous, la situation est différente : nous nous sommes posés en Allemagne sans autorisation ; nous avons franchi la frontière sans plan de vol ; nous ne connaissons pas la région ; nous n'avons pas de cartes détaillées des hôpitaux et l'on nous demande maintenant de poursuivre plus en avant pour évacuer un des blessés.

« Là encore, la régulation du SAMU 67 nous sera précieuse. Nous contactons par radio le médecin régulateur pour lui demander : 1) de prévenir la tour de contrôle de l'aéroport de Strasbourg que nous avons atterri en Allemagne ; 2) d'obtenir de cette même tour de contrôle le dépôt à notre place d'un plan de vol pour Ludwigshafen ; 3) d'informer la Préfecture du Bas-Rhin de notre mission et d'obtenir l'autorisation de continuer ; 4) d'informer la police allemande de notre atterrissage éventuel à Ludwigshafen. A cette époque, en effet, il n'existait aucun protocole d'accord entre l'Allemagne et la France pour les secours. Ce protocole ne sera signé qu'en 1984.

« Le temps passe, la nuit approche, le conditionnement des victimes est très long. Assez rapidement, le médecin du SAMU 67 nous rappelle et nous informe que tout est réglé avec la tour de contrôle et la Préfecture : nous pouvons continuer à la seule condition émise par la Préfecture de rentrer le soir même à Lauterbourg.

« Il est convenu avec le pilote allemand que nous ferons le trajet de conserve car s'il est facile de trouver Ludwigshafen en suivant le Rhin, nous ne savons absolument pas où est situé l'hôpital. Nous décidons également d'une fréquence radio pour rester en contact.

« Enfin nous décollons. Suivre un Jet Ranger avec une Alouette III n'est pas chose aisée, d'autant plus que le pilote allemand, sans doute pressé de rentrer, ne semble pas vouloir ralentir. Nous nous posons à l'hôpital de Ludwigshafen peu avant la nuit. Le temps de débarquer notre brûlé, de récupérer notre matériel et de remercier l'équipage allemand pour son aide, nous repartons pour Lauterbourg. Le SAMU 67 nous indique par radio que nous sommes attendus sur le stade de Lauterbourg balisé par une ambulance dont le gyrophare sera allumé.

« Quand nous arrivons sur la localité, il fait nuit. L'ambulance n'est pas encore tout à fait au rendez-vous : nous l'apercevons au loin, se dirigeant sans doute vers le stade que nous ne connaissons pas. Après une rapide observation des lieux, nous le découvrons, ce stade : il est à une centaine de mètres du poste-frontière. Nous atterrissons. Pour nous, la mission est remplie, exécutée dans les normes puisque nous sommes rentrés le soir même en France comme nous l'avait demandé la Préfecture du Bas-Rhin.

« L'Alouette III est conditionnée pour la nuit. Maintenant, il ne nous reste plus qu'à trouver un gîte dans un hôtel. Comble d'ironie : il n'y a plus de place à Lauterbourg... Nous devrons refranchir la frontière, à pied cette fois, pour aller dormir en Allemagne où nous serons accueillis avec beaucoup de chaleur par un couple d'hôteliers ».

« Le lendemain, lors de notre retour à la base de Strasbourg, nous apprendrons, hélas, le décès des deux brûlés.

« Cette mission n'a rien eu de spectaculaire sur le plan aéronautique mais elle fut pour nous très satisfaisante car elle confirmait qu'il est nécessaire de s'appuyer sur une bonne régulation et un contact radio permanent pour effectuer un secours primaire dans des conditions optimales. Pour cela, le SAMU 67 s'est toujours montré à la hauteur. Elle nous prouvait aussi qu'avec un peu de bonne volonté, il est possible de s'affranchir des frontières [1] quand il s'agit de porter secours. Nos limites départementales, malheureusement, sont parfois plus étanches. »

1. Sous réserve d'accord, il arrive en secours primaire que des bases situées près des frontières soient appelées à intervenir à l'étranger (Allemagne, Espagne, Italie, Suisse).

# 16

# « ALLO, ALLO, ICI VALLOT... »

Dans les pires moments, dans les circonstances les plus dramatiques, il arrive que le cocasse — voire même l'humour, volontaire ou pas — apporte une note inattendue qui détend un peu l'atmosphère d'angoisse entourant les protagonistes d'une tragédie. Le récit qu'on va lire ci-dessous, alors même qu'une jeune femme a laissé sa vie sur les pentes du Mont-Blanc, participe épisodiquement de cet humour grâce aux réparties de deux alpinistes belges, spontanés et pleins de vie.

* * *

11 juillet 1979, vers 3 heures du matin : deux alpinistes allemandes, Anneliese et Ingrid, quittent le refuge du Goûter (3 817 m) pour effectuer l'ascension du Mont-Blanc par la voie normale. A 7 h 30, elles sont au refuge Vallot (4 362 m) et continuent leur progression vers le sommet qu'elles atteignent vers midi. Le temps de prendre quelques photographies en souvenir sur « le toit de l'Europe » et elles amorcent la descente sur la cabane Vallot qu'elles rejoignent vers 14 heures. Là elles rencontrent deux alpinistes belges de Louvain, un oncle et son neveu, qui viennent eux aussi de « faire » le Mont-Blanc et qui se reposent.

Les conditions météo se gâtent : un vent violent et glacé s'est levé, les nuages menacent. Les deux allemandes repartent néanmoins vers le refuge du Goûter mais en chemin, au col du Dôme, elles sont surprises par le brouillard et se perdent. Elles décident alors de remonter à Vallot. Malheureusement, dans les rafales et la neige soulevée, elles ne retrouvent pas la cabane. Elles essaient d'abord de se protéger dans un petit abri qu'elles creusent dans une forte pente. Mais ce bivouac est trop précaire. Il faut à tout prix rejoindre Vallot. Elles reprennent leur marche pénible lorsque, vers 18 heures, elles découvrent, abandonnée là, vestige d'un ancien dépôt de matériel de glaciologues, une vieille caisse sous laquelle elles choisissent, à bout de force, de se pelotonner.

Les deux amies vont ainsi passer la nuit dans la tourmente, se partageant à tour de rôle l'illusoire refuge.

12 juillet : après une nuit de calvaire glacé, une matinée d'épreuve épouvantable. Au début de l'après-midi, Ingrid sort de la caisse pour laisser la place à Anneliese. Mais celle-ci, qui a la responsabilité de la cordée, refuse : elle se dépouille de son anorak pour le passer à Ingrid et se couche sur elle pour tenter de la protéger du froid, se sacrifiant ainsi délibérément pour préserver sa compagne plus jeune qu'elle.

Durant deux heures, Ingrid va l'entendre chanter, puis délirer au-dessus d'elle. Vers 16 heures, la courageuse Anneliese — dont le fiancé avait lui aussi disparu quelques années auparavant dans le massif du Mont-Blanc — succombe sous l'attaque du froid.

Pourtant, le salut n'était pas bien loin : une heure environ après la mort de sa coéquipière, Ingrid, à la faveur d'une accalmie, aperçoit le refuge Vallot. Il est à deux centaines de mètres de là... Rassemblant ses dernières forces, la jeune allemande s'y traîne en rampant et tape de son piolet sur la porte : les deux Belges sont toujours là et la recueillent dans un état d'épuisement extrême, souffrant de gelures aux mains et aux pieds.

De Vallot, à 18 heures, par la balise de détresse [1], l'alerte est donnée au Peloton de Gendarmerie de Haute Montagne de Chamonix, puis répercutée sur l'hélistation de la Sécurité civile, aux Bois, où l'équipage de permanence est composé de René Romet, pilote et de Noël Rivière, mécanicien.

La situation est rien moins que favorable : la tempête sévit depuis 24 heures ; un violent vent du sud souffle à plus de 100 km/h sur tout le massif ; plusieurs cordées sont portées disparues. Malgré cela, l'Alouette rouge décolle à 18 h 40. Avec l'équipage, deux gendarmes sauveteurs : le maréchal des logis chef Gérard Mathieu et le gendarme Max Buttoud qui vont être déposés, en dépit des rafales qui secouent l'appareil, au refuge de Tête Rousse, à 3 167 mètres d'altitude. De là, les gendarmes doivent gagner l'Aiguille du Goûter.

L'Alouette III redescend, embarque deux autres gendarmes du P.G.H.M. : Alain Marx et Daniel Barreras, pour les monter à leur tour à Tête Rousse. Après plusieurs tentatives infructueuses, ils sont finalement déposés à la baraque forestière des Rognes (2 700 mètres) et entreprennent de rejoindre Tête Rousse où ils arrivent dans un méchant orage.

En bas, la tempête est même à Chamonix : pluie, vent, brouillard. Aux Bois, l'adjudant Cornier, chef d'opération et Robert Petit-Prestoud, chef du Centre de secours de Chamonix, ont rejoint le bureau de la Sécurité civile. On appelle les isolés de Vallot et le dialogue qui s'engage ne va pas manquer de saveur.

— Allô, ici le Secours en montagne à Chamonix. Nous

1. Voir le chapitre : « Un entraînement mouvementé ».

sommes avec l'équipage de l'hélico. On ne peut pas vous atteindre ce soir. D'où venez-vous ?

— Allô, allô, ici Vallot. Nous venons de Belgique »..., répond imperturbablement une voix venant de plus de 4 000 mètres d'altitude. Et qui poursuit :

— Il y a une grosse tempête, ça souffle beaucoup.

— Ici Chamonix. Quel est l'état de la jeune allemande ? Avez-vous des vivres ?

— Allô, allô, ici Vallot. Nous avons ausculté la jeune femme qui était très choquée en arrivant. Elle avait perdu sa chaussure droite. Elle a des gelures aux mains et aux pieds. Son corps est froid. Mais nous la réconfortons et nous lui donnons des boissons chaudes. Elle va mieux et elle commence à reprendre goût à la vie... Nous avons assez de provision pour trois jours.

— Ici Chamonix. O.K. on reprendra contact avec vous demain de bonne heure. Bon courage en attendant.

— Allô, allô, ici Vallot. Ne coupez pas : on frappe à la porte. Je vais voir qui c'est...

Se passe un « blanc » pendant lequel, aux Bois, on est tout de même un peu éberlué : trois personnes sont dans une situation dangereuse en haute montagne, dans la tourmente et une voix, apparemment pas du tout étonnée, annonce tranquillement que quelqu'un frappe à la porte du refuge comme s'il était naturel de recevoir de la visite en pareille circonstance.

D'un ton tout aussi naturel, l'explication arrive au bout de quelques secondes :

« Allô, allô, ici Vallot. Il y a trois alpinistes italiens qui viennent d'entrer. Je vous rappellerai demain matin ».

Le 13 juillet au matin, très tôt, tout le monde se retrouve à l'hélistation des Bois. Pas d'évolution favorable de la météo : le temps est toujours aussi mauvais. La première vacation radio a lieu vers 7 h 30. L'adjudant Cornier renoue le contact avec Vallot. Et toujours impavide, la voix descend des grandes hauteurs :

— Allô, allô, ici Vallot. La jeune femme va bien. Elle est maintenant très réchauffée. Quant aux italiens, ils ne sont pas très sympas : ils nous ont mangé presque toutes nos provisions... ».

On imagine sur le coup la tête des Belges voyant les trois italiens affamés engloutir leurs vivres !

— Ici Chamonix. Bon, attendez patiemment. Dès qu'il y aura une éclaircie, l'hélico essaiera de vous tirer de là. Appelez-nous s'il y a quoi que ce soit. Terminé.

Toute la journée, c'est l'attente. Les éléments sont déchaînés. Q.G.O. : aucune possibilité de rotation pour l'hélicoptère. Le médecin du Secours en montagne donne des conseils aux Belges de Vallot pour soigner Ingrid. Des appels arrivent, signalant plusieurs cordées disparues.

Pendant ce temps, là-haut, les quatre gendarmes sauveteurs déposés la veille ont repris opiniâtrement leur progression. Ils atteignent l'Aiguille du Goûter au prix de grands efforts dans la neige fraîche tombée durant la nuit. Au Dôme du Goûter (4 304 mètres), en contrebas de Vallot, ils découvrent deux alpinistes espagnols perdus dans la tempête, sans cordes, ni sacs et vêtus sommairement... On les encorde et, vers 16 heures, en utilisant boussole et altimètre, les six hommes arrivent au refuge Vallot.

Ingrid est installée sur un traineau Robino et c'est le début d'un long et difficile retour vers le refuge du Goûter, toujours à la boussole. Au Dôme, le brouillard est tellement épais que deux des gendarmes forment une cordée volante afin de chercher un passage évitant les barres de séracs et les crevasses du versant nord-ouest. Après quatre heures d'efforts dans le vent violent, la caravane réussit à gagner le refuge du Goûter où un médecin alpiniste examine la jeune allemande et constate que ses gelures ne sont heureusement pas trop graves. Elle va pouvoir passer la nuit là et attendre qu'une éclaircie permette à l'hélicoptère de venir la chercher le lendemain.

Dans la matinée du 14 juillet, l'Alouette rouge de la Sécurité civile (pilote : René Romet ; mécanicien : Gilbert Mezureux) fait plusieurs tentatives mais ne peut pas dépasser l'altitude 2 500. L'équipage en profite cependant pour treuiller et récupérer en plusieurs rotations une bonne dizaine d'alpinistes en difficulté çà et là. En début d'après-midi, il parvient finalement à monter jusqu'au refuge du Goûter et à évacuer Ingrid sur l'hôpital de Chamonix, puis à secourir les autres alpinistes. Quelques minutes plus tard, c'est l'hélicoptère bleu de la Gendarmerie nationale (équipage Monnet-Jouffre) qui recueille les quatre courageux sauveteurs et les ramène aux Bois. En fin d'après-midi, l'équipage Romet-Rivière de la Sécurité civile, assisté du gendarme Roland Stieger, redescend le corps de la malheureuse Anneliese.

Cette longue et périlleuse mission de secours s'achève peu après 18 heures. Mais à l'hélistation des Bois, elle aura un prolongement, comme nous l'a rapporté René Romet :

« Les deux alpinistes belges étaient tellement sympathiques que nous les avons retenus pour un casse-croûte. Ma femme et celle de Noël Rivière, qui se trouvaient dans les parages, sont allées faire des provisions en ville. Nous avons passé un long moment d'amitié avec l'oncle et le neveu, deux hommes charmants, pleins d'humour, doués d'un bon esprit montagnard, qui n'avaient pas perdu leur verve pour nous raconter leur aventure. »

## 17

## SAUVETAGE AU SOMMET D'UN CHATEAU D'EAU

En 1980, la base hélicoptère de la Sécurité civile de Lille n'a pas encore deux ans d'activité. C'est l'époque où, de part et d'autre de la région, les équipages s'efforcent tant bien que mal de présenter — voire même d'imposer — leur « Alouette III » parmi les divers services de secours déjà en place.

Le dimanche 11 mai, c'est l'équipage Deneuville-Delafosse qui est de permanence dans les locaux nouvellement édifiés près de l'aéroport. A une quinzaine de minutes de vol de là, près de la commune de Merville, plusieurs dizaines de personnes « balisées » par les services de police forment une haie humaine autour d'un énorme château d'eau en cours de construction. Les sirènes des véhicules de la police et des sapeurs-pompiers retentissent.

Les pompiers du Centre de secours de Merville ont reçu un appel concernant une personne blessée au sommet du château d'eau. A l'origine de l'accident, une circonstance peu banale : un ouvrier maçon a profité de cette belle journée de printemps pour faire visiter le chantier à sa jeune amie. Ils sont montés tous les deux par les passerelles intérieures de l'édifice mais en arrivant au niveau de la grande cuve fraîchement peinte, la jeune fille a été prise d'un malaise. Elle a fait une chute de l'échelle, d'une hauteur de huit mètres, en contrebas du réservoir. Son compagnon, affolé, a rapidement prévenu les services de secours.

Une première reconnaissance est effectuée mais, très vite, les sapeurs-pompiers comprennent que l'évacuation de la jeune fille polytraumatisée risque de leur poser de gros problèmes. En effet, une fois la blessée immobilisée sur un matelas coquille — rendu obligatoire compte tenu de son état — la seule manœuvre possible a été de la hisser sur la terrasse du bâtiment. Mais de là-haut, pas question de pouvoir la descendre par l'extérieur à cause de l'impressionnant échafaudage constitué de planches en bois et de tubes métalliques.

A 18 h 50, le téléphone sonne à la base hélicoptère : « Ici le S.A.M.U. : les pompiers de Merville ont besoin de vos services pour l'évacuation d'une personne victime d'une chute ».

Pensant qu'il ne s'agit là que d'une mission ordinaire, l'équipage quitte la base avec un médecin. Arrivé sur les lieux, il se rend compte qu'il en va tout autrement et que ce n'est pas précisément de la routine. La victime n'est pas prête à être embarquée comme cela se fait très habituellement mais, au contraire, l'équipage se trouve face à un service de secours pour le moins désemparé. Comprenant la situation, il déséquipe rapidement l'appareil de son installation sanitaire et décide de faire une première reconnaissance.

La plate-forme du château d'eau est conique avec, au centre, un puits d'accès de deux mètres de diamètre légèrement surélevé. Sur le rebord, le médecin de l'hélicoptère est déjà auprès de la blessée, encore tout essoufflé d'avoir grimpé les nombreuses échelles intérieures de l'édifice.

Même par hélicoptère, la récupération de la jeune accidentée ne semble pas évidente. En effet, les équipages de la base de Lille ne disposent pas de la fameuse civière Piguillem obligatoire pour ce genre de mission. Alors l'appareil se repose, le pilote et le mécanicien se concertent une nouvelle fois puis donnent des directives aux responsables des sapeurs-pompiers.

Tous les secouristes qui sont sur la plate-forme se retirent : il ne reste là-haut que le médecin et la victime. L'hélicoptère va tenter un vol stationnaire le plus près possible du sommet du château d'eau, à condition que les superstructures de l'échafaudage lui permettent d'effectuer cette délicate manœuvre.

L'appareil décolle lentement. Penché vers l'extérieur, le mécanicien guide le pilote pour la mise en place, le regard fixé sur les écueils que constituent certains éléments de l'échafaudage. Aucune planche ne se détache, fort heureusement, malgré le souffle du rotor. L'hélicoptère descend doucement et s'immobilise. Mais impossible d'en faire plus et de s'approcher encore. Alors le mécanicien saute de l'appareil sur la mini-surface du puits d'accès. Et de là, aidé par le médecin, c'est à bout de bras qu'il va soulever la blessée et glisser le matelas coquille jusqu'au plancher de la cabine de l'Alouette III...

L'appareil reprend de l'altitude avec précaution, se retire de l'espace restreint et dégage dans le vide. Revenue au sol, la jeune fille est reconditionnée médicalement par une équipe de renfort S.A.M.U. Elle sera admise quelques minutes plus tard à l'hôpital régional de Lille.

Il est 19 h 50 : l'attraction locale de ce dimanche 11 mai 1980 est terminée.

18

# TREUILLAGES DE NUIT

Un treuillage nocturne est une opération fort délicate. Encore plus délicate lorsqu'elle a lieu sur une mer démontée. Le pilote Michel Lechat, alors chef de la base hélicoptère de la Sécurité civile à Granville, raconte.

* * *

« La journée du 29 août 1980 s'est relativement bien passée à la base de Granville. Je suis de permanence avec Patrick Boulbain, le mécanicien. Nous avons effectué dans l'après-midi un vol de « sécurité-littoral », à l'occasion d'une grande marée. C'est pour moi le vol du souvenir car le lendemain, je dois rejoindre Strasbourg où je suis affecté à compter du 1er septembre.

« Nous avons décollé de Donville-les-Bains pour remonter en direction du phare du Sénéquet, puis nous avons piqué sur les îles Chausey avec leurs innombrables rochers et leurs étendues émergeant à marée basse et fouillées par les pêcheurs à pied en quête de homards, de congres ou de praires...

« Chaque survol de l'archipel s'effectue avec une certaine rigueur afin d'éviter de laisser un isolé aux prises avec la marée montante. Des îles Chausey, nous sommes ensuite partis vers Cancale pour contourner la baie du Mont Saint-Michel et remonter vers Granville par Saint-Jean-le-Thomas et Jullouville.

« Ce jour-là, il n'a pas fait très beau et la mer, sous l'effet d'un fort vent d'ouest, remonte plus vite que d'habitude. Notre retour à la base se fait sans intervention.

« Nous attendons le coucher du soleil et nous nous apprêtons à quitter la permanence lorsque le téléphone sonne : c'est le C.R.O.S.S. Ma [1] qui nous demande de faire un tour du côté du phare du Sénéquet où des fusées rouges viennent d'être aperçues de la côte.

« La nuit commence à tomber et il faut se hâter pour se trouver sur la zone entre chien et loup. La mer est grosse. D'énormes vagues déferlantes viennent mourir sur le littoral qui sera recouvert en totalité. Plus nous avançons, plus l'obscurité s'accentue. Et quand nous arrivons sur les lieux, la pluie s'en mêle, ce qui a pour effet de diminuer encore plus la visibilité. Bien que notre recherche s'effectue à proximité de la terre, nous n'avons comme repères, à chaque départ vers le large, que les quelques balises qui scintillent au gré des vagues et qui nous font penser à des lampes électriques agitées par d'éventuels naufragés.

« Chaque approche sur l'objectif nous enlève nos illusions... Après vingt minutes de recherches infructueuses et les conditions météorologiques se dégradant, nous devons abandonner le secteur. Sans résultat. En nous demandant s'il y a eu réellement des tirs de fusées rouges et donc des personnes en difficulté. Nous pensons, après avoir fait des recoupements avec les événements qui vont suivre, qu'il

1. Centre Régional Opérationnel de Surveillance et de Sauvetage en Manche-Mer du Nord.

s'agissait en fait de fusées lancées par des navigateurs à la sortie des îles Chausey. Pour un observateur situé en face du Sénéquet, l'erreur d'appréciation de la distance ne fait aucun doute.

« En suivant le littoral, nous rentrons à la base qui est installée à une cinquantaine de mètres de la mer. Cette procédure nous permet de la retrouver sans problème.

« Après avoir rempli la paperasse habituelle, c'est avec une certaine nostalgie que je vais quitter cette base de Donville-les-Bains-Granville, ainsi que les souvenirs de neuf années passées au service du secours en mer. Combien de drames se sont produits, combien de retours à la base se sont soldés par des résultats négatifs. Mais que de visions de paysages survolés ,uniques en leur genre, tels que la baie du Mont Saint-Michel, les îles Chausey, les Minquiers, les îles anglo-normandes, la côte Nord-Bretagne, le Nord-Cotentin et, plus loin, les lieux historiques du débarquement de Normandie... Un ensemble de sites merveilleux par beau temps, qui nous arrachaient un soupir de soulagement lorsqu'ils apparaissaient subitement, ou qui nous surprenaient parfois quand on les découvrait brutalement lors de recherches en mer par gros temps et visibilité réduite.

« Il est environ vingt heures et nous fermons la base lorsque le téléphone sonne à nouveau. En décrochant le combiné, je pressens qu'il s'agit du C.R.O.S.S.Ma. : inquiet au sujet d'une embarcation qui n'était pas rentrée, il nous mettait en alerte pour un décollage le lendemain à une heure matinale. Généralement, tout rentrait dans l'ordre durant la nuit. Et bien non : cette fois-ci l'alerte est fondée. C'est en fait le sémaphore de la Pointe du Roc qui vient d'apercevoir un Zodiac en difficulté entre la balise de « Fourchie » et le sémaphore.

« Après avoir prévenu la Société nationale de Sauvetage

en mer, il est décidé que le canot de sauvetage *Léon Berthaud*, de Granville, n'interviendra pas à cause de la proximité des rochers. Il n'est également pas possible d'envoyer un petit canot de secours. Les naufragés qui ont réussi à ancrer leur Zodiac sur les rochers de « Fourchie », ne peuvent donc pas être atteints par le large en raison du fort vent d'ouest qui souffle à environ 30 nœuds, provoquant un ressac important et découvrant parfois des hauts fonds. Par la terre, il n'est pas possible non plus d'intervenir à cause de l'éloignement.

« Que va-t-il advenir des occupants du Zodiac lorsque la mer va commencer à redescendre ? Mes collègues de la base l'imagineront le lendemain matin lorsqu'ils survoleront les débris épars de l'embarcation !

« De toute évidence, le bateau ne va donc pas résister longtemps à l'assaut des vagues. Si l'ancre tient bon, le phénomène du ressac va s'accentuer lorsque l'eau baissera. Jusqu'au moment où les boudins seront déchirés par les arêtes tranchantes des rochers qui affleureront. Alors, l'issue sera probablement fatale aux naufragés.

« Il faut donc intervenir rapidement, sans préjuger du résultat lié à des inconnues que je découvrirai sur place. Je décide alors de faire une tentative et je téléphone au lieutenant des pompiers de Granville pour lui demander de mettre en place un projecteur sur le haut de la falaise du Roc afin d'éclairer l'embarcation en perdition. En attendant cette installation et tout en préparant l'Alouette III au treuillage, je dis à Patrick, le mécanicien, que notre tentative sera abandonnée si elle devient dangereuse pour notre sécurité. Conscient des difficultés que nous allons affronter, c'est pour moi un instant salutaire qui calme mes inquiétudes ».

« Une nouvelle fois, le téléphone sonne : le sémaphore

nous annonce que le projecteur est en place et que le vent souffle à 27 nœuds, avec des pointes à 35...

« A partir de là, les faits s'enchaînent. Nous décollons et, aussitôt, nous découvrons le phare du Roc. Vers l'ouest, le ciel est invisible et nous n'apercevons pas les Chausey. En longeant la côte rocheuse, nous sommes en deux minutes sur les lieux. Ayant repéré d'assez loin la direction du projecteur, j'entame mon approche en vue de la terminer sur ce point où tout est diffus et où je pense trouver le Zodiac. Au cours de la descente, j'intercepte le pinceau lumineux du phare de la Pointe du Roc. Pendant un court instant, c'est le néant et l'éblouissement... Mais, après m'être accoutumé à nouveau à la vision de nuit, je me trouve subitement sur l'embarcation en détresse. Je distingue fort mal ses trois occupants : de vagues silhouettes agitant les bras.

« Dès ce moment, c'est le mécanicien qui dirige la manœuvre. Il déroule le câble et je lui dis de donner du mou. En position de treuillage, je n'ai plus aucun repère bien défini. Seuls, sur la gauche, le faisceau du projecteur des pompiers de Granville, sur la droite, à la limite du champ de vision, la balise de « Fourchie », et puis, au-dessus, le passage répété des appels lumineux du phare... Je n'ai aucune notion exacte de la distance qui nous sépare de la falaise et j'essaie sans cesse de percer cette inconnue... Vers le bas, j'aperçois par moment tantôt l'écume blanche des vagues s'écrasant sur les rochers, tantôt les rochers eux-mêmes, tantôt une partie du Zodiac.

« Il est bien difficile dans ces conditions de tenir le stationnaire avec précision et j'imagine fort bien les difficultés que rencontre Patrick pour diriger la sangle de hissage vers les bras des naufragés. Aussi est-ce une surprise agréable que d'apprendre par l'interphone que l'un des naufragés a réussi à saisir le câble. Je redouble d'attention et je déjauge. Mais c'est la déception : la personne suspendue est retombée à l'eau au moment où elle quittait l'embarcation... J'ai à peine le temps de réaliser l'incident que je sens à nouveau une résistance. Un peu comme dans une partie de pêche quand on sent quelque chose au bout du fil : là, il y a bien quelqu'un au bout du câble.

« Tout en prenant de la hauteur et en lançant un regard par-dessus mon épaule gauche, je vois apparaître une tête échevelée et ruisselante : c'est une jeune fille qui, manifestement, a eu une belle peur ! Après l'effort de concentration auquel je viens d'être soumis, mes muscles se relâchent. Et notre Alouette III fait un tour sur la ville en signe de victoire avant d'atterrir à Donville-les-Bains où j'ai décidé de déposer les naufragés les uns après les autres dans un but de relaxation. Chemin faisant, j'avise le C.R.O.S.S.Ma. par radio : nous avons récupéré un premier naufragé. Quelques instants après l'atterrissage, une famille inquiète arrive à la base. Et c'est un moment d'intense émotion quand elle retrouve la jeune fille.

« Un bref coup de téléphone au sémaphore pour connaître la force du vent et nous redécollons dans la foulée. Le deuxième treuillage s'effectue pratiquement sans difficulté : notre « hôte » à bord de l'Alouette III est cette fois un jeune homme d'une vingtaine d'années qui se demande bien pourquoi nous sommes venus le secourir en hélicoptère... Pour lui, il n'y avait « vraiment aucune raison de s'affoler »... Est-ce de l'inconscience ou de la fanfaronnade ? Compte tenu de la grande expérience maritime des occupants du Zodiac, je penche personnellement pour la seconde hypothèse.

« On le dépose à son tour à la base. Mais la mission n'est pas encore terminée : il reste un troisième naufragé à récupérer. Avec les déposes, les deux premiers treuillages ont duré une vingtaine de minutes et la fatigue commence à se faire sentir. Nous voilà donc repartis. A notre retour sur les lieux, nous avons un moment d'angoisse : nous ne voyons plus l'embarcation. Fort heureusement, le projecteur la prend dans son champ et nous distinguons un homme qui nous fait de grands signes ne laissant pas de doutes sur sa périlleuse situation.

« Ce treuillage s'avère le plus difficile. Le vent n'est pas tombé et je commence à me sentir un peu raide aux commandes de l'hélicoptère. Je me rends compte que nous allons avoir du mal à conclure favorablement la mission. Par instants, je vois un morceau de rocher défiler vers l'avant Ensuite apparaît le ressac des vagues.

« Patrick me fait corriger la position de l'appareil pour tenter d'amener la sangle de hissage dans les bras du naufragé. Mais chaque fois, une vague vient balayer le bateau et tout est à recommencer. Sentant venir le moment où nous allons devoir « décrocher » pour raison de sécurité, je dis au mécanicien de remonter le câble. Lorsque la sangle arrive au niveau du plancher, je repars en translation vers la mer afin de faire une nouvelle présentation. Pendant cet instant de relâchement, je décide que se sera notre dernière tentative.

« Il ne reste plus qu'une méthode pour résoudre le problème : il faut absolument que la sangle arrive dans les bras du naufragé quand j'immobiliserai la machine à la verticale de l'embarcation. Il y a cependant le risque, accentué par l'effet du vent, de voir la sangle et le câble remonter dans le rotor de queue au moment de l'approche entreprise à vitesse très réduite.

« Nous voilà au stationnaire final. Tout de suite, le mécanicien me crie dans les écouteurs que l'homme a réussi à s'emparer du harnais. Je tire aussitôt sur le pas général et je dérive légèrement vers la droite pour dégager notre troisième « invité à bord ». Tout se passe très vite : avant même que j'ai pû tourner la tête à gauche, je reçois une grande tape sur l'épaule. Nous avons droit à la reconnaissance — non dissimulée — du rescapé, qui se trouve être le patron du canot pneumatique. Cette spontanéité dans le geste est souvent l'apanage des marins — et aussi des montagnards. Sur le plan de la sincérité, elle remplace très avantageusement un long discours...

« Mission remplie. C'est le soulagement. Nous faisons un dernier tour sur la pointe du Roc et sur Granville tout en savourant notre victoire complète. Victoire qui a cependant pour moi un petit goût de nostalgie. C'est mon dernier survol de Granville et les souvenirs se bousculent dans ma mémoire. Je revois des sites merveilleux qui défilent à une vitesse vertigineuse. Puis c'est l'atterrissage à la base où nous attendent de nombreux curieux, ainsi que les responsables des différents services de secours. »

## 19

# LE RESCAPÉ DU JOUR DE L'AN

Deux jeunes alpinistes parisiens : Marc, 27 ans et Nicolas, 20 ans, ont choisi la semaine entre Noël et le Jour de l'An pour effectuer une grande course dans le massif du Mont-Blanc. Ils ont décidé de gravir l'Aiguille Verte (4 121 mètres), le plus haut sommet entièrement situé en France, « la montagne sans voie facile », « la pyramide aux dix itinéraires sublimes » [1].

C'est par l'un de ces itinéraires, le couloir Couturier, que les deux jeunes gens attaquent la Verte. Ce sont de bons montagnards qui ont entretenu leur forme par des sorties au cours de l'été précédent mais qui connaissent assez peu les pièges des hivernales.

Bien équipés, ils partent le lundi 28 décembre 1981, munis de vivres pour plusieurs jours. D'après leur tableau de marche, ils pensent rentrer le mercredi dans la journée.

Le lundi, le temps est acceptable. Mais dès le mardi, tout change : il fait très mauvais en altitude. De même que le mercredi. C'est alors que leurs amis restés dans la vallée et ne les voyant pas revenir préviennent le Secours en montagne.

1. Roger Frison-Roche dans « Mont Blanc aux Sept Vallées » (éditions Arthaud).

Ce jour-là, c'est l'hélicoptère de la Gendarmerie de Megève qui est d'alerte. Il décolle mais doit bientôt faire demi-tour, les conditions météorologiques étant trop défavorables : plafond bas, vent violent. Le lendemain jeudi, le ciel ne s'est guère dégagé mais l'appareil de la Gendarmerie reprend l'air quand même pour inspecter l'itinéraire de retour de la cordée par le refuge du Couvercle. Ces recherches ne donnent pas de résultat.

Le vendredi 1er janvier 1982 et suivant la règle de l'alternance de l'alerte [2], c'est l'équipage de la Sécurité civile composé du pilote Roger Colin, chef de la base d'Annecy-Meythet et du mécanicien Noël Rivière, qui est de permanence. Métier oblige : leur réveillon de la Saint-Sylvestre a été frugal et l'extinction des feux point trop tardive. Heureusement, car ce jour de l'An ne sera pas pour eux de tout repos. Ni surtout le lendemain.

« Lorsque nous décollons d'Annecy, racontent-ils, le temps n'est toujours pas fameux et le plafond est encore bas. Mais nous avons tant de fois effectué le parcours Annecy-Chamonix que nous rallions sans difficulté l'aire d'atterrissage des Bois. Dès notre arrivée, nous étudions les possibilités de recherches avec les membres du Peloton de Gendarmerie de haute montagne (P.G.H.M.). Comme la météo ne nous permet pas d'aller au sommet de la Verte, nous décidons, avec deux gendarmes guides sauveteurs à bord, de survoler le trajet présumé de retour des alpinistes. Mais en vain : nous ne trouvons rien ».

« Les deux jeunes gens ont peut-être dévissé lors de leur ascension. Nous passons alors au pied du couloir Cou-

2. Pendant l'été et l'hiver, les équipages de la Sécurité civile d'Annecy et ceux de la Gendarmerie de Megève se relaient, une semaine sur deux, pour assurer la couverture du massif du Mont-Blanc. Le reste de l'année, chacune des bases est d'alerte par périodes de quinze jours.

turier. Mais toujours sans résultat : nous ne découvrons aucun indice. Que du blanc, que du blanc...

« Nous nous posons, bredouilles, sur l'hélisurface des Bois pour y attendre une éventuelle éclaircie. Nous en profitons pour nous rendre au P.G.H.M. et y présenter nos vœux de bonne année. Plusieurs heures s'écoulent. Puis il nous semble qu'enfin le ciel se dégage quelque peu. Retour rapide aux Bois où les pales tournent immédiatement. Cette fois, nous allons vers le glacier d'Argentière que surplombe le couloir Couturier. Le sommet de la Verte est toujours pris dans les nuages. Nous tournons encore et encore, jusqu'à la base de la couche. L'altimètre indique 3 600 m : il nous manque plus de 500 mètres pour arriver au sommet. Impossible de passer. En l'absence de tout indice, nous arrêtons là pour ce Jour de l'An et nous redescendons. Demain, indique la météo, les conditions devraient s'améliorer. »

Rentré aux Bois, Roger Colin consulte le P.G.H.M. On lui apprend qu'un guide a vu le lundi après-midi des alpinistes progresser à mi-pente dans le couloir Couturier. Cette information semble confirmer que la cordée recherchée a bien attaqué la Verte par cette voie.

« Le samedi matin, réveillés de bonne heure, nous examinons le ciel avec un grand soulagement : les nuages ont pratiquement disparu, poussés par un violent vent du nord. Tout de suite, nous pensons à nos deux jeunes gens : sont-ils accrochés dans le couloir ? Ont-ils été pris dans une avalanche ? Sont-ils tombés dans une crevasse ? Sont-ils morts de froid au sommet ?

« Nous décollons à 7 h 50 avec deux nouveaux gendarmes guides sauveteurs. Arrivés sur le couloir Couturier, nous décrivons des cercles afin de prendre de l'altitude, ce qui nous permet d'inspecter soigneusement les lieux. Soudain, l'un de nous s'écrie : « Là, là... Il y a quelqu'un... »

C'est une vision bien étrange qui s'offre alors aux occupants de l'Alouette rouge : sortant d'une cavité naturelle, un homme titubant lève péniblement les bras au ciel en forme de V, le signe conventionnel pour demander du secours. Il est à demi-dévêtu...

L'hélicoptère est à 3 900 mètres d'altitude, un peu à droite du couloir. Le vent est violent et la pente vertigineuse.

A bord, c'est la stupéfaction :

« Nous sommes impressionnés par cette apparition d'un alpiniste en tenue légère, hébété, tendant les bras vers nous comme pour implorer l'hélico... »

On saura par la suite que cet alpiniste, en l'occurence Nicolas, le plus jeune de la cordée, a réussi, entendant le bruit de l'appareil, à s'extraire de son sac de couchage malgré son état d'épuisement — depuis cinq jours, il était bloqué dans la face — sans trouver la force, ni le temps, de remettre tous ses vêtements de montagne.

Le pilote tente une approche pendant que ses compagnons se concertent rapidement sur la méthode à employer pour assurer ce secours difficile. Roger Colin fait un premier passage pour « tâter le terrain » et vérifier les conditions aérologiques.

Noël Rivière, le mécanicien, raconte :

« Nous arrivons à la hauteur de l'alpiniste qui se traîne, les bras levés malgré le souffle du rotor. La neige se soulève, brassée par le vent des pales. Nous sommes à peu près à un mètre cinquante du toucher quand j'ouvre la portière. »

Aux commandes, le pilote est « sous tension ».

A partir de là, les événements se précipitent et vont rendre caduques les méthodes de récupération envisagées quelques minutes plus tôt. Il se passe en effet un double épisode : d'une part, l'alpiniste en détresse, hagard, le visage couvert de givre et à la limite de la perte de conscience, est dangereusement près du vide où il risque de basculer ; d'autre part et surtout, l'un des gendarmes sauveteurs, redoutant que l'homme ne disparaisse dans la pente et avant même que le mécanicien ne le libère, saute brusquement dans la neige où il s'enfonce jusqu'à mi-corps, au mépris de sa propre sécurité car il peut partir en luge dans l'épaisse couche de neige fraîche.

Le pilote autant que le mécanicien sont surpris, l'un par l'allègement subit de la machine ; l'autre par une manœuvre qu'il n'a pas eu le temps de réaliser. Tout s'enchaîne très vite. L'appareil doit rester en vol stationnaire pour que l'on puisse récupérer Nicolas et le sauveteur. Le nuage de neige soulevé tout autour par le « moulin à café » des pales ajoute encore à la précarité du moment. La visibilité vers l'extérieur est quasiment nulle et le pilote n'a d'autre point de repère que la petite surface de neige qu'il aperçoit en-dessous à travers le plexiglas inférieur de l'Alouette III.

En contrebas, le gendarme a réussi à saisir le « rescapé du Jour de l'An » et à l'amener sous l'hélicoptère. Mais comment va-t-on l'embarquer ce rescapé : compte tenu de la pente très raide et du fait que le sauveteur est enfoncé dans la neige, le plancher de l'Alouette est trop haut.

Avec l'aide du gendarme qui se trouve à bord, le mécanicien parvient cependant à agripper les mains de Nicolas que le sauveteur, en bas, hisse à bout de bras. Le souffle des pales brasse l'air et la neige rageusement mais ça y est : l'alpiniste est dans la cabine.

Reste le gendarme : on ne peut pas le laisser là, à cette altitude et dans cette situation instable. Les risques sont trop grands.

Noël Rivière : « Le pilote maintient l'hélico. Mais avec le rescapé à bord, ça va être dur de remonter le sauveteur, surtout que nous n'avons pas le marchepied. En-dessous, on ne voit que la tête du gendarme... »

Comme il l'avait fait pour Nicolas, le mécanicien saisit les mains du sauveteur et tire. Le pilote sent aussitôt le surcroît de charge. L'Alouette III descend encore un peu et le buste du gendarme apparaît. A ce moment-là, un nuage de poudreuse enveloppe l'appareil. Croyant que les pales ont touché, « Nono » Rivière crie : « On a touché... Dégagez... »

Le sauveteur, lui, a encore la moitié du corps à l'extérieur. Rivière et le second gendarme le tiennent solidement dans la neige qui tourbillonne.

D'habitude — et quand tout va bien — on attend évidemment que l'homme soit entièrement ramené à bord avant de dégager. Mais là, il n'y a plus une seconde à perdre. La situation est trop dangereuse avec cet hélico qui fait de l'équilibrisme au-dessus du vide. Au surplus, un fort vent le prend par en-dessous. Alors Roger Colin, de toute urgence, suit l'injonction du mécanicien : il dégage le plus vite possible avec le sauveteur qui gigote des jambes pour se propulser à l'intérieur et se retrouver définitivement hors d'affaire.

« Ouf ! On est sortis de notre fâcheuse position ».

L'hélicoptère plonge vers la vallée. A bord, il est impossible d'obtenir un quelconque renseignement du rescapé : son compagnon est-il vivant ? A-t-il succombé ? Le jeune Nicolas, affalé dans l'Alouette rouge, délire. Il prononce des mots incohérents que ceux qui l'ont sauvé ne comprennent pas.

Dès l'atterrissage, l'ambulance des sapeurs-pompiers de Chamonix l'emmène à l'hôpital. Il est en état d'hypothermie : sa température est descendue à 27°. Il souffre de gelures et on devra l'amputer de plusieurs doigts.

Pour l'équipage et les sauveteurs, la journée n'est pas finie : il va falloir remonter à 4 000 mètres d'altitude pour savoir où se trouve Marc, le premier de cordée. Est-il tombé ou est-il parti seul chercher du secours après avoir mis à l'abri son jeune camarade ?

Revenu sur le couloir Couturier, devant ce redan où, miraculeusement, Nicolas a pû être récupéré vivant, l'appareil est en vol stationnaire depuis un instant lorsqu'on aperçoit quelque chose dans la neige. Un sauveteur est alors descendu au treuil : il trouve un sac de couchage, l'ouvre et découvre un cadavre.

Pour remonter le corps de Marc, ça ne va pas être facile non plus. Maintenu par la sangle, car les risques de coulée, de même que le vent, demeurent, le sauveteur passe une corde autour du torse du mort. Treuillé par le mécanicien, il laisse filer la corde puis, rentré dans l'Alouette, l'attache à un point fixe. On s'éloigne de la paroi, le corps de l'alpiniste suspendu sous l'hélicoptère qui va se poser plus loin sur une surface plate à l'abri des avalanches. Là, le corps est ramené à bord. On le redescend sans autre problème dans la vallée.

Cette opération du Jour de l'An 1982 a fortement marqué les équipes de secours venues du ciel. Non pas tant par les risques encourus que par la surprise éprouvée en retrouvant vivant un jeune homme qui avait passé près d'une semaine à 4 000 mètres d'altitude dans des conditions épouvantables. Exemple extraordinaire de résistance physique donné par ce garçon alors que les individus d'âge un peu plus avancé sont réputés plus solides. On a pensé toutefois — car le rescapé n'avait plus de souvenirs exacts des faits — que le premier de cordée avait été amoindri par les efforts entrepris pour monter en tête, pour assurer son compagnon et, le mauvais temps venant à les bloquer, pour le mettre à l'abri dans un bivouac de fortune.

Venus à Chamonix au chevet de leur fils, les parents de Nicolas demandèrent à faire la connaissance de l'équipage et des sauveteurs pour les remercier. Et puis un jour, dans une chambre d'hôpital, tout le monde se réunit autour du rescapé pour sabler le champagne. Un rescapé qui se remit bien de cette dramatique aventure et qui n'abandonna pas la montagne : sa guérison achevée, il reprit les grandes courses.

## 20

## UNE BASE POLYVALENTE

La base hélicoptère Sécurité civile de Perpignan est une base « touche à tout » en raison de son implantation géographique : le même jour, elle peut assurer des missions aussi bien en mer qu'en montagne, sur un feu de forêt ou pour une évacuation sanitaire.

Le pilote Marcel Nogues, chef de cette base, se souvient.

* * *

— Un jour, terminant juste un secours en montagne, l'équipage a dû se précipiter pour sauver un noyé. En plein mois d'août, sur une plage, chaudement vêtus et chaussés de gros souliers de marche, les deux hommes ont fait une drôle de mine quand ils se sont rendus compte qu'ils s'étaient posés avec leur hélico dans un camp de naturistes...

* * *

— Je me souviens de l'époque où nous disposions d'un Bell G2 pour tout outil de travail. Avec cet hélicoptère, les blessés étaient allongés sur des civières extérieures et surveillés à travers le plexiglas du cockpit.

— Un certain jour de juin, il est 10 h 30 lorsque le centre hospitalier de Perpignan nous demande une évacuation sanitaire. Il s'agit de transporter, de Perpignan au CHU de Toulouse, Monsieur X... qui vient d'attenter à ses jours en se tirant une balle de révolver dans la tête. L'extraction du projectile ne peut avoir lieu qu'au Centre Purpan à Toulouse

— Saut de puce jusqu'au stade proche de l'hôpital et embarquement du blessé et d'un médecin.

— Au cours du vol, alors que tout est calme, le médecin voit le blessé s'agiter puis commencer à se désangler. Alerte à bord et atterrissage ultra-rapide dans le premier champ venu. Tout le monde entoure le désespéré qui fait comprendre qu'il veut mourir : d'ailleurs, il avait l'intention de sauter en vol !

— Bonne dose — très bonne dose même — de calmants et nous voilà repartis vers Toulouse où nous arrivons sans autre problème. Monsieur X... sera sauvé.

— Quelque temps après, en sortant de l'hôpital, il rejoint Perpignan, se rend à la base de la Sécurité civile où il remercie l'équipage qui lui a sauvé la vie. Puis il rentre chez lui et se pend...

* * *

— Un 17 juillet, appel du centre opérationnel qui nous transmet une demande d'intervention sur un important feu de forêt dans la région d'Espolla, en Espagne. Plusieurs bombardiers d'eau français et espagnols doivent participer à la lutte et notre présence est indispensable. Je décolle avec le mécanicien Rémy Boada.

— Dès le passage de la frontière, nous apercevons un gros panache de fumée : il s'agit effectivement d'un très important incendie. Nos tentatives de prise de contact radio avec la direction des secours espagnols étant vaines, nous décidons de passer sous la fumée pour retrouver les éléments au sol.

— Après un quart d'heure de slalom entre le sol et l'épaisse fumée, sans voir le moindre véhicule, nous reprenons de l'altitude et nous distinguons deux camions rouges stationnant à environ un kilomètre du front de l'incendie.

— Posé et briefing. Nous apprenons alors avec stupeur que le feu se situe au centre d'un champ de tir et que des obus, parfois non explosés lors des exercices de l'artillerie, sautent « joyeusement » lorsque les flammes les atteignent ! C'est à ce moment-là que nous identifions les coups sourds que nous percevions en vol... La caserne des pompiers d'Espolla avait bien signalé l'endroit très particulier de l'incendie mais le renseignement s'était perdu en cours de transmission.

— L'extinction du feu se déroulera normalement grâce à l'appui de cinq bombardiers d'eau venus de Marseille et de Madrid. Normalement, oui, mais sur « la pointe des pieds »...

* * *

Août 1980. Le centre de coordination des secours en Méditerranée signale qu'un chalutier, localisé à vingt nautiques du Cap Béar, demande une assistance médicale : l'un des pêcheurs vient de recevoir un crochet métallique sur la tête.

Décollage de l'équipage Dominois-Jacobée avec un médecin du SAMU : le docteur Y... a déjà été treuillé mais uniquement en exercice d'entraînement et sur terre.

Au cours du vol vers le bateau et comme à chaque fois, le mécanicien treuilliste rappelle les consignes de sécurité en insistant sur l'une des plus importantes : l'hélicoptère ne doit jamais être relié au bateau par le câble du treuil.

Au large, le vent est maintenant de cinquante nœuds. Le chalutier se balance fortement, ce qui va rendre les opérations d'hélitreuillage délicates.

Le médecin est déposé sur l'avant du navire. Mais, dans le feu de l'action, il oublie les consignes, ne se désangle pas et avance vers le centre du chalutier. Le treuilliste donne une secousse au câble pour le rappeler à l'ordre. Troublé par le vent violent, la mer déchaînée et l'hélico au-dessus de lui, le toubib commence à descendre l'escalier qui mène à la cale. Le câble risque de se coincer dans une rambarde. Le mécanicien treuilliste prend alors la bonne décision : il enroule brusquement le treuil, arrachant le médecin à travers la trappe de la cale !

Le docteur Y... est ainsi vivement remonté à bord, un peu confus et quelque peu perturbé par cette brutale ascension.

Deux minutes plus tard, l'hélicoptère se représente pour la manœuvre. Cette fois, tout se déroule normalement et le blessé, remonté lui aussi par le treuil, sera transporté à l'hôpital de Perpignan.

* * *

— Un autre jour, au mois d'octobre. Le téléphone d'alerte sonne : c'est un appel du Peloton de Gendarmerie de montagne. Une personne est gravement blessée dans la vallée de la Carança, près du Lac Bleu. Le témoin n'a pas donné plus de précisions.

— Décollage. Après un crochet par Mont-Louis pour y embarquer un guide, l'hélico se présente vers 18 heures dans la haute vallée de la Carança.

**1 - Le Bell 47 G2.**

**2 - Treuillage d'une civière Piguillem**

3 - Téléphérique en panne.

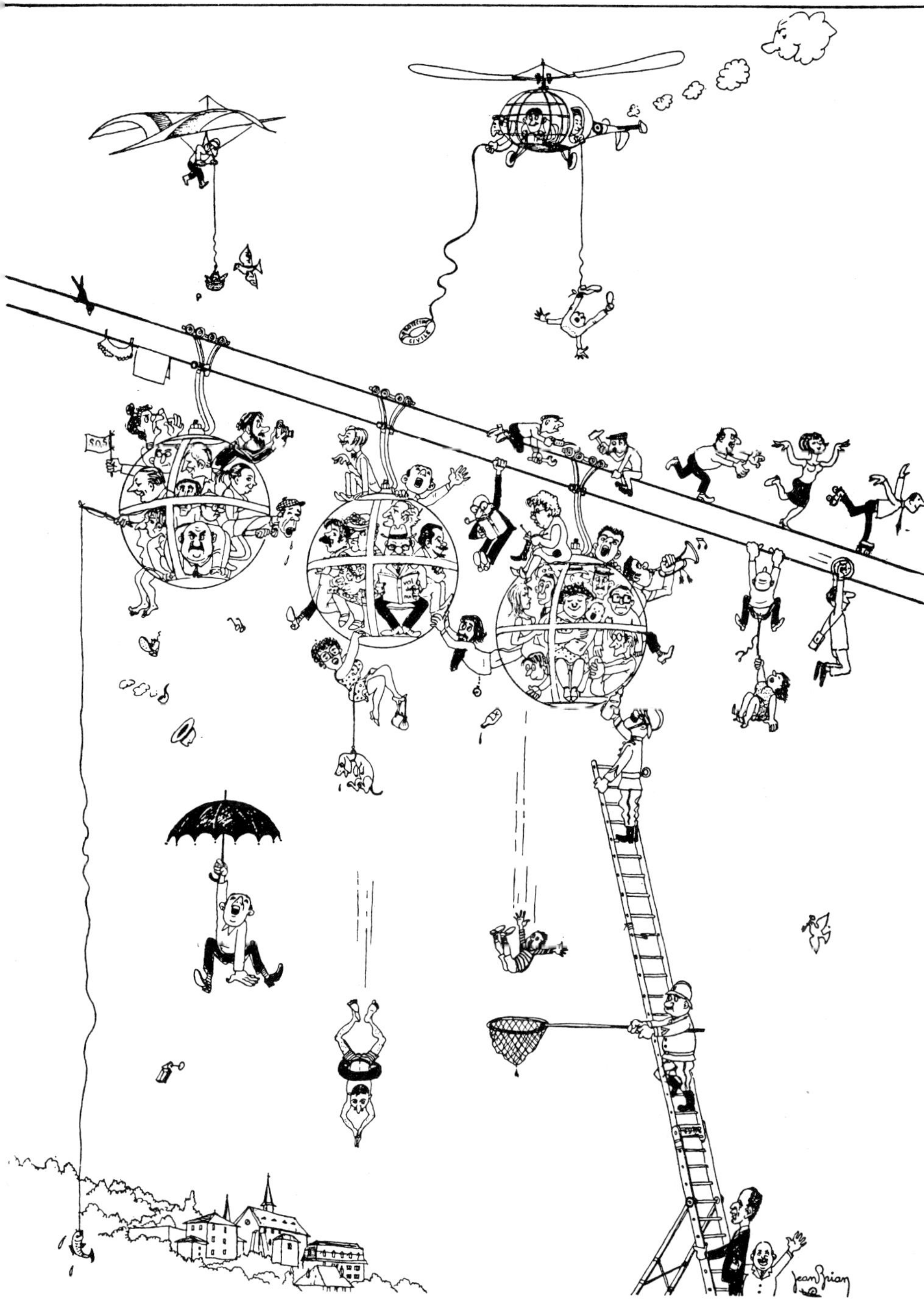


- Incident du téléphérique Grenoble - Bastille, le 18 septembre 1976, vu par Jean Brian

**5 - Sauvetage sur un pétrolier.**

**6 - A plus de 3 000 d'altitude.**

**7 - Après une panne de moteur.**

**8 - Dépose de sauveteurs**

**9 - Sur la Côte d'Azur**

**10 - Sauvetage en haute montagne.**

**11 - Intervention en secours routier.**

**12 - Départ en mission.**

**13 - Baignade tragique.**

**14 - Recherches en mer.**

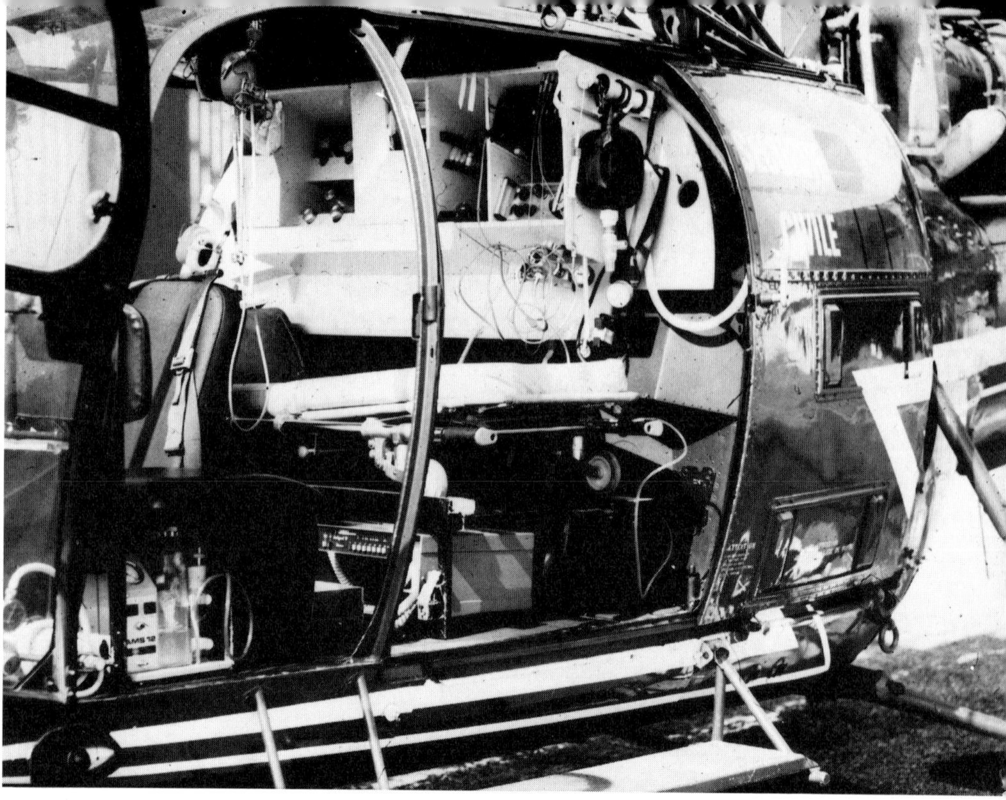

15 - Médicalisation d'urgence.

16 - En vol.

17 - Ravitaillement d'une ferme isolée.

18 - Mission en milieu urbain.

19 - En bas des falaises.

20 - Le bout de la route.

**21 - Là-haut, sur la montagne.**

**22 - Au refuge.**

**23 - Tués en montagne.**

24 - Sur un chalutier.

25 - Hélitreuillage d'une Alouette III.

**26 - Quand le rocher se purge.**

**27 - « Viva la vie »...**

**28 - Un Dauphin sur Paris.**

**29 - L'Ecureuil du Groupement Aérien.**

**30 - Canadair.**

**31 - Tracker.**

**32 - DC. 6.**

— L'équipage Dominois-Soria découvre rapidement, sur les bords du Lac Bleu, trois personnes qui font de grands signes. Le vent s'engouffre dans la vallée à 100 km/h et le posé est extrêmement délicat. Notre guide descend dans la tourmente et questionne les pyrénéistes. La réponse est nette : le blessé est mort, son corps se trouve 100 mètres plus haut. Trois rotations sont nécessaires pour évacuer la victime et les trois survivants complètement épuisés.

— Maintenant il fait nuit et l'hélicoptère rentre à la base, mission terminée.

— A 20 heures, le téléphone sonne à nouveau. Nous apprenons par le Peloton de Gendarmerie de montagne que la victime que nous avons ramenée n'est pas celle qui avait motivé l'alerte au départ. Il y a eu en fait deux accidents simultanés faisant chacun un mort. Il faut donc retrouver le second et une caravane de secours terrestre vient de se mettre en marche.

— Le lendemain à 7 h 15, nous décollons pour Fontpédrouse, base des opérations. A notre arrivée, le commandant du Peloton de Gendarmerie de montagne nous informe qu'une des équipes a découvert un cadavre. Cependant, même si l'identification a été rendue difficile par la nuit et la tourmente, il reste persuadé une nouvelle fois et aussi incroyable que cela puisse paraître, qu'il ne s'agit toujours pas de la personne recherchée...

— Nouveau décollage pour la Carança et à 8 h 30 le corps est déposé à Fontpédrouse où il est formellement reconnu : ce n'est pas la victime recherchée.

— Nous reprenons le vol et nous découvrons enfin la personne pour laquelle l'alerte avait été donnée. Morte, malheureusement.

— Que s'est-il passé ce jour-là ? En fait une série de malheurs s'abattant sur un groupe de montagnards.

— Reprenons le film des événements. Un groupe de sept amis part pour une randonnée de la journée. Les conditions de progression ne sont pas celles qui ont été prévues. En particulier, la partie haute est toute en glace. C'est exceptionnel pour la saison et le groupe ne dispose pas de crampons.

— En fin de journée, le samedi, le groupe n'a pas encore atteint le sommet, les conditions météo s'étant brusquement aggravées. La nuit en montagne n'étant pas prévue, les randonneurs ne disposent pas de matériel de survie.

— Au lever du jour, la neige ne tombe plus mais le vent est toujours violent et la température frise les moins quinze degrés. Après discussion, le groupe se scinde en deux : cinq personnes poursuivent la course prévue tandis que deux autres redescendent vers les véhicules. Jusque-là, tout va bien, ou presque.

— Au cours de la descente, l'un des deux hommes dévisse sur un névé. Il perd ses lunettes de soleil, se blesse et a du mal à reprendre la marche. Aidé par son compagnon, il met plusieurs heures à parcourir un kilomètre avant de s'écrouler, épuisé. Il reste seul au pied d'un rocher. Son camarade, durement touché lui aussi, continue et donne l'alerte.

— Pendant ce temps, dans l'autre groupe, rien ne va plus. La progression difficile au début, est maintenant impossible sans matériel spécialisé. Il faut renoncer. Mais trois des cinq personnes sont fortement affaiblies et les deux autres doivent les aider, les tirer à la moindre dénivellation.

— Une jeune femme de ce groupe est vidée de ses forces par le froid. Le plus ancien de ses coéquipiers lui donne son anorak et poursuit en chemise. Il faut marcher vite pour se réchauffer et surtout pour éviter une seconde nuit en montagne. Brusquement, l'homme en chemise a un étourdissement : il s'assoit et meurt au bout d'une minute...

— Le groupe est désemparé. Il décide de rester sur place, seul l'un des siens continuant pour tenter de donner l'alerte. Mais le sort s'acharne : il dévisse en cours de route et se tue sur le coup...

— Personne ne sait alors que les trois autres randonneurs sont en perdition. En fin de journée, l'hélicoptère de la Sécurité civile arrive et les sauve par hasard. Ils n'auraient certainement pas supporté une nouvelle nuit en montagne.

— Ces trois pyrénéistes secourus sont persuadés que c'est leur camarade qui a déclenché l'alerte. Choqués, ils ne s'étonnent pas de son absence et ne parlent pas de lui. Quant à la personne du premier groupe qui a réussi à donner l'alerte, elle sait que l'hélicoptère est allé au secours de son compagnon mais elle ignore les accidents du second groupe : à bout de force, elle rentre chez elle et s'endort.

— Ce n'est que dans la matinée du troisième jour que le déroulement de cette dramatique randonnée — trois morts sur sept participants — a pû être entièrement reconstitué.

## 21

## UN ANGLAIS « COMME TOUT LE MONDE »...

Généralement, les missions SAMAR (sauvetage en mer) pour le crash d'un avion en mer sont déclenchées après l'accident. L'équipage de la *Rescue* se trouve alors confronté au problème de la découverte d'un ou de plusieurs hommes en pleine mer, dans des conditions météorologiques souvent difficiles : brume, houle, absence de repères.

La mission relatée ci-dessous par l'équipage Riera-Sanlefranque, de la base de la Sécurité civile de Nice, est à la fois exceptionnelle et exemplaire car elle a été déclenchée avant le crash d'un avion. Sa réussite tient en partie au hasard, certes, mais surtout à la compétence des contrôleurs aériens menant à bien une interception par deux appareils évoluant à basse altitude.

« La preuve, nous a dit l'équipage, nous en a été offerte de façon flagrante : après la récupération du pilote et le plongeon de l'avion, il ne restait aucune trace à la surface : pas de débris, pas de tâche d'huile, ni de carburant. Si nous étions arrivés sur les lieux cinq minutes plus tard, nous aurions eu beaucoup de mal à repérer le pilote, à condition en plus qu'il ait pû surnager assez longtemps dans de l'eau à 10° et sans gilet de sauvetage. »

* * *

Le 6 mars 1980, à 16 h 20, la tour de Nice met la base hélico en pré-alerte : un bimoteur de type « Navajo », qui a décollé du terrain de Cannes-Mandelieu vers 16 heures à destination de Gênes, est en difficulté — ennuis sur un moteur — au large de Menton. Le pilote, un anglais, a fait demi-tour vers Cannes et se fait guider par l'approche de Nice qui le suit au radar. Un avion « Nord 262 » de l'Armée de l'Air, en provenance de la base militaire de Solenzara, en Corse, qui a repéré l'appareil en détresse, suit le « Navajo » qui perd rapidement de l'altitude et va devoir amerrir.

Le pilote de l'hélicoptère, Francis Riera, nous raconte :

« A 16 h 30, la tour nous demande un décollage immédiat et nous partons en position de treuillage mais sans plongeur. Dès le départ, nous passons sur la fréquence de l'approche, 120.25, qui a été dégagée par tous les avions et nous sommes pris en charge par le radar et la gonio qui nous donnent un cap d'interception : 130°, puis 135°. Nous gardons une altitude de 200 mètres pour aider le radariste. Mais la visibilité est faible et nous marchons aux instruments. Le travail de l'approche se complique rapidement. Le second moteur du « Navajo » chauffe et l'avion, trop bas, échappe au radar qui se base sur le « Nord 262 » volant à 3 000 pieds.

« A 16 h 45, après une deuxième correction de cap, au 140°, l'approche nous annonce le contact immédiat. Et nous repérons alors le « Navajo » qui vole à une dizaine de mètres au-dessus de la mer, au cap 250 et à une vitesse de 100 kts. Nous anticipons pour nous mettre en formation et nous le suivons d'abord difficilement, puis plus aisément. Le « Navajo », qui est à huit milles nautiques de la côte, perd de la vitesse, prend une assiette de plus en plus cabrée, puis amerrit impeccablement et en douceur.

« Nous sommes aussitôt en stationnaire à sa verticale et

le mécanicien treuilliste Sanlefranque commence à descendre le câble. Nous assistons alors à une scène digne des Marx Brothers : le pilote se libère tranquillement de sa ceinture, sort de sa cabine, monte sur l'aile sans lever les yeux, va au bout de la plume, joint les mains et les talons et plonge dans la mer...

« La sangle du câble est juste au-dessus de sa tête : il se passe à peine dix secondes et elle lui arrive dans les mains ! Nous le hissons à bord immédiatement : son bain de mer n'a pas été très long. Sanlefranque est encore en train de fermer la porte de l'hélico lorsque le « Navajo » lève rapidement son empennage arrière et disparaît dans l'eau sans laisser la moindre trace... Nous avons l'impression de rêver.

« On réchauffe le pilote anglais avec une couverture isothermique après l'avoir débarrassé de son gilet de sauvetage qui, d'ailleurs, ne fonctionne pas : bouffé aux mites et ingonflable, il est sans doute réformé depuis les PBY [1] du Pacifique...

« Nous remontons à 200 mètres et l'approche nous ramène à Nice où M. Courbon, chef de quart à la tour, est encore plus bavard que d'habitude. Il en a bien le droit : il a fait du bon boulot.

« Il est 17 h 06 lorsque nous nous posons à la base. Il y a du monde : les gendarmes, les pompiers, l'ambulance. C'est une petite fête... Cela nous arrange : Sanlefranque va pouvoir rincer l'hélico après ce survol de la mer et nous remplirons les formes [2] et la paille [3] réglementaires pendant que tous les autres tripoteront l'anglais, sans doute pour savoir s'il est fait comme tout le monde... »

1. PBY : appellation américaine de l'hydravion « Catalina »
2. Les formes : les documents de bord.
3. La paille : les documents administratifs.

## 22

# DROLE DE CADRE POUR UN VÉLO

2 août 1980 : une journée comme les autres à la base Sécurité civile de Grenoble-Le Versoud. L'équipage Claude Bruxelles-Marc Lafond est « en attente montagne ». Durant cette période de l'été, Grenoble dispose de deux hélicoptères. On alterne les missions : une fois avec le S.A.M.U. [1], une fois en montagne.

Soudain, c'est l'alerte déclenchée par le G.G.H.M. [2] : un randonneur a été accidenté dans le massif du Taillefer, au-dessus de Bourg-d'Oisans et son état nécessite une évacuation sanitaire. Victime d'une chute, il s'est fracturé une jambe. L'équipage embarque deux gendarmes guides sauveteurs, l'adjudant Claudel et le sergent-chef Trani.

Marc Lafond se souvient :

« Les conditions météo ne sont pas très bonnes : ciel gris, vent du sud assez fort et turbulent. Cela nous incite à accomplir cette mission le plus vite possible avant l'orage qui s'annonce inévitable. Nous treuillons le blessé sans problème et une demi-heure après le décollage nous sommes sur le chemin du retour vers l'hôpital de Grenoble.

1. S.A.M.U. : Service d'Assistance Médicale Urgente.

2. G.G.H.M. : Groupe de Gendarmerie de Haute Montagne. A l'époque de ce récit il était basé à Pont-de-Claix. Il est maintenant installé à Grenoble.

« C'est alors que nous recevons un appel radio incroyable. Jugez du peu : le gardien du refuge de Font-Turbat signale qu'un randonneur à... vélo est en difficulté à la brèche de l'Olan ! »

Il y a de quoi être incrédule sur ce mode de locomotion inattendu en haute montagne quand on sait que le refuge de Font-Turbat, dans le massif de l'Oisans, est situé à plus de 2 000 mètres d'altitude sous le Pic de l'Olan qui culmine à 3 570 mètres. Et la brèche elle-même est à 700-800 mètres sous le sommet...

A bord de l'hélico, on prend tout d'abord ce message pour une plaisanterie :

« L'information est tellement ahurissante et son impact si hilarant que nous croyons à un canular. Pour le plaisir et tout en doutant d'avoir bien entendu, nous faisons répéter l'appel sur les ondes. Cette fois il n'y a plus de doute : on nous confirme et la réalité — tout de même saugrenue — des faits et la demande de secours...

« Après nous être concertés sur l'état — moins grave que prévu — de notre blessé et avec son accord, nous décidons de rebrousser chemin et de nous rendre rapidement sur les lieux, toujours à cause de l'orage qui « chauffe ». Arrivés sur la zone de la brèche de l'Olan, nous faisons tout de même une rapide reconnaissance et nous apercevons un individu assis, immobile, sur un névé. Il est vêtu d'un imperméable « à la Colombo ». Et près de lui, effectivement, un vélo...

« Nous nous approchons au maximum de cet étrange randonneur afin de juger exactement de sa détresse pour intervenir le mieux possible. Mais notre manœuvre semble le laisser impassible : il n'esquisse aucun geste traditionnel de demande de secours. Manifestement, nous le laissons indifférent !

« Nous reprenons contact par radio avec le gardien du refuge qui nous précise que le quidam, paraissant âgé d'une vingtaine d'années, est assis dans la neige en position du lotus depuis près de deux heures... Après l'avoir longuement observé à la jumelle et trouvé ce comportement pour le moins bizarre, il a décidé de déclencher le secours.

« Jojo Claudel, notre guide sauveteur, propose alors de déposer notre blessé du Taillefer au refuge. Puis, dit-il, vous allez me treuiller sur ce « client » car je sens les ennuis venir si nous le laissons là avec l'orage qui menace. »

Aussitôt dit, aussitôt fait. Et cinq minutes plus tard, Jojo Claudel est auprès de ce curieux « cyclotouriste ». Par radio, il avise l'équipage :

« Il n'a rien du tout. Mais nous allons le sortir de là car il est tout bizarre... Vous le treuillez en premier et moi ensuite avec le vélo. »

Et Marc Lafond de raconter :

« Nous hissons donc notre bonhomme qui sourit aux anges et semble ravi de la bonne aubaine... Puis nous récupérons Jojo avec le vélo. De mémoire d'ancien du Groupement aérien, je crois que c'est une « première » !

« Nous atterrissons à nouveau devant le refuge et nous réinstallons le blessé dans la machine. Sous le regard amusé des promeneurs, nombreux en cette période de l'année, nous attachons le vélo sur le panier porte-charge et, dans ce royal équipage, nous décollons pour la Bérarde où nous faisons, vous l'imaginez, une triomphale arrivée... Ce jour-là, hélas, la presse n'était pas là pour fixer à jamais l'anecdote sur le papier !

« Notre naufragé de l'Olan avait dû s'imprégner de vieux bouquins du début du siècle évoquant l'existence, jadis, du brevet de muletier et parlant de ces hommes qui passaient d'une vallée à l'autre par les cols les plus hauts avec des moyens de locomotion les rendant autonomes... Il avait sans doute voulu faire quelque chose de semblable. »

En tout cas, on devait apprendre après cette peu banale équipée que le jeune homme avait été soigné quelque temps auparavant dans un établissement spécialisé. On s'en serait un peu douté.

# 23

## PAS LE MOINDRE « DANKE SCHON »...

Le 24 août 1980 par une belle journée d'été telle qu'on les apprécie en Méditerranée : ciel bleu, vent calme, mer plate et température avoisinant les 25°. Le journal de marche de la base hélicoptère Sécurité civile de Montpellier-Fréjorques indique « grand beau temps ».

15 h 40 : l'équipage de l'Alouette III F-ZBBO est en stand-by (en attente) dans ses quartiers, en l'occurence une pièce de 3 m sur 3 mise à sa disposition par l'escadrille ALAT (Aviation légère de l'Armée de Terre) de Fréjorques. Cette base de la Sécurité civile n'existe que depuis peu et son infrastructure se limite à une tente de location servant théoriquement d'abri à l'hélicoptère. Pour l'instant, il se dore au soleil sur le parking de l'ALAT tandis que l'équipage cherche un peu de fraîcheur dans le bureau-vestiaire-salle opération-magasin et se prend à rêver à l'air conditionné qui sera prochainement installé dans la future base.

La sonnerie du téléphone met soudainement un terme à cette demi-torpeur.

— Ici la base hélico Sécurité civile. J'écoute.

— Ici la tour de contrôle de Fréjorques. Etes-vous opérationnels ?

— Affirmatif.

— Il s'agit d'un secours en mer. Pouvez-vous intervenir ?

— Tout dépend de la distance. Pourquoi ?

— Il y a un avion monomoteur P.A.28 en difficulté au large de Palavas. On vient tout juste de perdre le contact. Il a une panne de moteur. Il doit se situer entre 10 et 15 nautiques. Trois passagers à bord. Pouvez-vous intervenir tout de suite ?

— Affirmatif. Nous passerons à Palavas pour prendre des sauveteurs-plongeurs.

— Entendu. Contact radio sur la fréquence tour 118,7.

Ce genre de recherches en mer n'est pas évident, surtout quand l'épave de l'avion a coulé. Les chances de survie sont limitées dans le temps et suivant les circonstances. Cependant, en ce mois d'août bien ensoleillé, la température de l'eau, même à 20 km au large, constitue un atout favorable.

L'Alouette III est rapidement équipée en version secours maritime. Il ne reste plus à l'équipage Filaquier-Bérard qu'à enfiler les gilets de sauvetage avant la mise en route.

Un contrôle technique du treuil est effectué. C'est indispensable, car avec cet engin on ne sait jamais... OK, il fonctionne.

15 h 45 : contact radio avec la tour et décollage pour Palavas-les-Flots.

15 h 47 : contact radio avec le CODIS 34 (centre opérationnel des services départementaux d'incendie et de secours) pour explication de la nature du secours.

15 h 48 : la tour communique les dernières précisions. Indicatif de l'avion : D-EMZR. Donc un appareil allemand. Provenance : Barcelone. Destination : Stuttgart, en Allemagne fédérale. Confirmation de trois passagers dont un bébé de huit mois. Gilets de sauvetage à bord.

15 h 55 : l'hélicoptère se pose à Palavas. Les deux plongeurs des sapeurs-pompiers sont au rendez-vous, parfaitement équipés. On les félicite pour leur rapidité. Ils embarquent, rotor tournant.

15 h 57 : décollage de Palavas.

15 h 58 : contact radio avec la tour :

— La tour, de Dragon 34.

— Montpellier-tour : j'écoute.

— Je vous demanderai des relevés gonio car j'ai l'intention de m'éloigner sur le cap 195.

— D'accord Dragon 34. Restez sur cette fréquence.

15 h 59 : l'Alouette rouge franchit la côte. Le mécanicien de bord Jacques Bérard prend contact, sur le canal 16 du poste marine, avec le C.R.O.S.S.Med. [1] de Toulon et le tient au courant de la situation. La liaison radio est bonne malgré la distance et la faible altitude de l'hélicoptère.

Plus la côte s'éloigne, plus la densité des bateaux de plaisance diminue. Dommage : l'un d'entre eux aurait pû se trouver à proximité du crash de l'avion allemand.

L'Alouette III navigue à 150 mètres au-dessus de la mer. A cette hauteur, le champ de vision est assez vaste tout en permettant de distinguer des objets de la taille d'un ballon de football.

Le pilote Bruno Filaquier jette un regard en arrière : il n'aperçoit plus la côte qui a disparu dans la brume. Quelques courants se dessinent à la surface de la mer et serpentent sur des kilomètres dans toutes les directions. A bord, on se pose une quantité de questions : l'avion a-t-il coulé immédiatement sans laisser de traces ? Est-il encore plus loin et son pilote a-t-il fait une erreur, bien compréhen-

1. C.R.O.S.S.Med. : Centre Régional Opérationnel de Surveillance et de Sauvetage en Méditerranée.

sible étant donné les circonstances, sur son estimation par rapport à la côte ?

Le crash s'est produit voici maintenant 25 minutes et toujours rien en vue. Si les naufragés ont survécu, dans quel état sont-ils ?

16 h 10 : le pilote repère sur sa gauche, à environ 500 mètres, une tache elliptique qui, par sa couleur, ressemble à un courant mais dont la forme éveille sa curiosité. Cette curiosité est peut-être le fruit d'une réminiscence des observations qu'il a faites pendant les nombreuses heures de vol sur les côtes bretonnes à l'occasion des catastrophes des pétroliers *Amoco Cadiz, Olympic Bravery* et *Boelhen.*

Soudain, en bordure de cette tache, l'équipage repère deux points jaunes.

— Nos rescapés..., dit le pilote. Mais ils ne sont que deux...

L'Alouette s'approche.

— Il y en a un qui tient un bébé dans ses bras...

L'hélico fait un 180° pour ne pas perdre les naufragés de vue. Des naufragés qui sont seuls à 20 km au large depuis 35 minutes.

— Allô, la tour de Dragon 34.

— La tour, j'écoute.

— Nous les avons trouvés. Ils sont tous les trois en vie. Ils ont leur gilet de sauvetage. L'avion a coulé. Nous allons larguer les plongeurs pour les récupérer.

— Reçu Dragon 34.

Pendant ce temps, le mécanicien prévient le C.R.O.S.S. Med. qui l'informe qu'un hélicoptère Lynx de l'Aéronavale arrive en renfort de Saint-Mandrier.

16 h 15 : les deux plongeurs sautent à la mer et nagent vers les naufragés. L'Alouette s'écarte pour ne pas les gêner avec le souffle du rotor qui soulève des embruns.

16 h 18 : ils font signe à l'hélico. L'appareil peut s'approcher et descendre le câble muni de la sangle de sauvetage.

16 h 25 : le mécanicien treuilliste hisse à bord les trois « baigneurs » : la mère, le père et l'enfant. Ils se retrouvent assis dans la cabine, abasourdis par le mauvais rêve qu'ils viennent de vivre. Le pilote met immédiatement le cap sur l'hôpital Saint-Eloi de Montpellier. Le bébé semble avoir beaucoup souffert du froid : son teint est violacé. Le chauffage de la cabine est poussé au maximum, ce qui donne rapidement plus de 40° dans l'habitacle.

L'hélicoptère de la Gendarmerie arrive à son tour sur les lieux. Il est chargé de récupérer les deux plongeurs toujours à l'eau. Mais ceux-ci devront attendre le passage d'un bateau de plaisance pour retrouver le plancher des vaches. En effet, pour l'appareil de la Gendarmerie, c'est la panne de treuil tant redoutée avant chaque opération de secours.

16 h 35 : verticale Palavas.

16 h 42 : L'Alouette rouge se pose sur la DZ (aire d'atterrissage) encaissée de l'hôpital. Deux médecins sont sur place avec une ambulance. Ils prennent en charge la petite famille au complet qui, sans doute encore sous le coup de l'émotion, monte dans le véhicule sans lancer le moindre regard à l'équipage.

17 h 07 : retour à la base.

Après les avoir félicités pour le résultat positif de ce sauvetage, le commandant de l'aérodrome invite le pilote et le mécanicien à prendre un pot au bar. L'équipage ne se fait pas prier car il a pas mal transpiré dans son sauna volant improvisé pour la circonstance.

Quelques mois plus tard, un article paraît dans la presse. Il y est dit que la carcasse de l'avion a été prise dans le chalut d'un bateau de pêche, à plusieurs mètres de fond seulement. Elle a ainsi été remorquée jusqu'au port de Sète.

Le pilote allemand rescapé, propriétaire de l'avion, informé de la découverte de son appareil, vint spécialement d'Outre-Rhin pour récupérer des affaires personnelles laissées dans la carlingue. Il aurait pû faire un petit détour par Fréjorques, histoire de saluer au passage ses sauveteurs. Mais ceux-ci ne recevront jamais de sa part le moindre petit « Danke schön »...

## 24

# LA LOIRE EN FOLIE

Le dimanche 21 septembre 1980 restera une journée noire pour les populations riveraines de la Loire, dans le département de la Haute-Loire et de l'Allier, en Lozère. Et une journée d'intense activité pour la base Sécurité civile de Clermont-Ferrand-Aulnat dont l'hélicoptère interviendra en Haute-Loire, particulièrement à Brives-Charensac, près du Puy-en-Velay.

Toute la nuit du 20 au 21 septembre, il a plu et le cours supérieur de la Loire s'est enflé démesurément. « Que sur les cîmes du Mézenc, sentinelle avancée des Cévennes, les nuages énormes crèvent de plénitude, ou que le ciel terne s'épanche lentement en pluie persistante, la Loire amoncelle ses eaux instantanément ou progressivement. Dès lors, elle gronde, elle hurle, elle s'emporte (...) ». (Aimé Giron).

La catastrophe va s'abattre sur toute la région dans la matinée du dimanche. Sur le Mézenc, il est tombé 376 litres d'eau au $m^2$ en moins de 24 heures, soit une hauteur d'eau uniforme de 40 centimètres. La crue atteindra 6 m 80 au-dessus de la cote d'alerte : on n'avait jamais vu cela depuis plus d'un siècle (6 mètres le 8 octobre 1878).

Furieuse et boueuse, la Loire enfle à vue d'œil et s'emporte, faisant des victimes et d'immenses dégâts matériels.

Où est-elle la « Douce Loire » ? Dans la plaquette qu'elle a consacrée à cette journée noire à Brives-Charensac, Mme Henriette Besson a noté : « Douce Loire (...). Se douterait-on en la voyant si calme, si agréable, qu'elle est à ses moments de colère une sauvage, au point de tout détruire (...) ».

Sur le terrain d'Aulnat en ce dimanche, le pilote Roland Deval, chef de la base Sécurité civile, est de service, avec le responsable mécanicien Roger Lamotte.

* * *

« Dès 8 heures, la Loire est anormalement haute. Quelque chose de grave se prépare et pourtant personne ne paraît y croire. Au moment où nous nous apprêtons à décoller pour nous rendre sur d'autres inondations, celles de l'Allier en Lozère, nous sommes alertés à 12 h 10 par les pompiers du Puy : des vies humaines sont en danger à Brives-Charensac. Nous informons alors le CODIS (Centre opérationnel départemental d'incendie et de secours) et nous préparons rapidement l'hélicoptère. Dix minutes plus tard, nous prenons l'air en direction du Puy où nous arrivons à 13 h 10 sous une pluie violente en fin de parcours. Pendant plus de trois heures, la Loire est restée à un niveau tel, engendrant un courant si fort, que les secours ne pouvaient pratiquement venir que du ciel.

« A 13 h 20, à Brives-Charensac, nous commençons les sauvetages avec des pompiers-plongeurs du Puy et un médecin du SAMU 43. Les vols se poursuivront jusqu'à 18 h 40, avec seulement deux arrêts pour refaire les pleins de carburant. Dans la zone inondée, le spectacle est impressionnant : tout est bouleversé, des gens cherchent leur salut dans tous les endroits pouvant offrir un semblant de sécurité, même précaire : toits des maisons ou des usines, souvent au ras des flots ; balcons, arbres, cabines de camions...

« La pluie continue de tomber et certaines récupérations de sinistrés bloqués par la crue se font dans des grains violents. Au cours de cet infernal carrousel, nous avons effectué 66 treuillages, dont 45 victimes des inondations et 21 sauveteurs. A Brives-Charensac, nous avons secouru des gens réfugiés sur des maisons alors que l'eau arrivait aux toits ; sur des établissements commerciaux comme Berliet et Renault. Chez Berliet, nous avons dû déplacer un pompier-plongeur d'un toit à l'autre pour récupérer neuf personnes : c'était du sport... Neuf autres étaient sur le bar du camping-plage. Et à Chadrac, nous avons treuillé huit personnes perchées dans les arbres.

« Non loin de là, la vallée de la Gazeille était inondée, elle aussi. Nous y sommes allés et sur le toit d'un hôtel du Monastier nous avons pû sauver une quinzaine de personnes.

« Au total, par treuillages ou sauvetages par embarquement en faisant des vols stationnaires au ras des toits, nous avons ramené 80 personnes. Presque tous les treuillages ont été réalisés sous une pluie battante mais, heureusement, sans incident technique.

« Bien que les conditions météo aient été assez mauvaises, le vol lui-même ne présentait pas de dangers particuliers. Mais les treuillages étaient parfois assez délicats car le câble de l'hélico se promenait souvent au milieu d'obstacles les plus variés : antennes, arbres, lignes EDF et PTT, etc. Au surplus, l'affolement bien compréhensible des victimes n'était pas fait pour faciliter les choses.

« L'une de nos interventions a été particulièrement tragique car, à cet endroit-là, deux enfants sont morts.

« Au milieu du flot, nous avons treuillé cinq personnes qui se trouvaient sur le toit d'une maison de Brives-Charensac. L'eau montait jusqu'à elles. Dans le vacarme de la turbine de notre machine, une femme a crié au mécanicien-treuilliste des mots que nous avons compris comme : « Le pépé, le pépé... ». Il n'y avait alors plus personne sur le toit. Nous sommes donc allés déposer les victimes à l'abri et nous avons redécollé aussitôt pour récupérer d'autres naufragés. C'est au retour que nous avons appris que deux enfants étaient restés bloqués dans cette maison et que la femme, leur mère, nous avait crié : « Les bébés » et non pas : « Le pépé ».

« Redécollage en vitesse. Nous descendons quatre pompiers sur la maison qui crèvent le toit puis le plafond. Hélas, il est trop tard : ils retrouvent les deux bambins morts sur un matelas pneumatique collé au plafond d'une chambre. »

## 25

## SUR UN CLOCHER

24 mars 1981, Avesnes-les-Aubert : dans ce petit village du nord de la France, le maire est préoccupé : responsable de la sécurité dans sa commune, le clocher de l'église lui cause bien des soucis. En effet, installé là-haut depuis plus de vingt ans, le superbe coq en fer forgé qui domine l'édifice, à 45 mètres du sol, manifeste quelques signes de faiblesse. Minés par le temps, certains de ses éléments se sont mis à pencher dangereusement et une partie de la girouette qui le précède vient même de s'abattre sur le parking situé en contrebas.

Les employés communaux balisent aussitôt les alentours, les pompiers sont également sur les lieux. Fort heureusement, on ne déplore pas de blessés. Mais l'accès de l'église reste problématique. Le curé du village et le conseil municipal communiste se concertent : ce n'est pas le scénario d'un film de Don Camillo mais bien une réalité. Et tout le monde est d'acord pour prendre des mesures rapidement.

L'entreprise spécialisée dans la rénovation des clochers ne pourra entamer le travail que trop tardivement. Le maire rend alors compte de la situation à la Direction départementale de la Protection civile et demande l'intervention de l'hélicoptère pour faire retirer les parties métalliques les plus menaçantes. Après moult communications téléphoniques entre la Préfecture et la direction du Groupement aérien, aucune décision n'est encore communiquée à la base hélico de Lille en fin d'après-midi. Seules les personnes directement intéressées peuvent évaluer sur place l'opportunité et les risques d'une telle mission. En se souvenant qu'il y a quelque temps, un hélicoptère de la Gendarmerie nationale s'est précisément écrasé au pied d'une église en effectuant ce genre de travail aérien.

C'est donc en pleine conscience des dangers potentiels et afin d'avoir une idée exacte de la situation que l'équipage de la Sécurité civile de Lille décide de mettre le cap sur le village et son coq de clocher branlant. Francis Delafosse, le responsable mécanicien de la base, renforce l'équipage Vovan-Pierre, nouvellement affecté.

Arrivés sur les lieux, les trois hommes effectuent une première reconnaissance aérienne. Le pilote s'approche le plus près possible du sommet du clocher, cependant que les deux mécaniciens, penchés à l'extérieur de l'appareil, inspectent la girouette défectueuse. Conclusion : rien, apparemment, ne s'oppose au treuillage. D'ailleurs, ce sera l'occasion d'un excellent exercice...

Le responsable mécanicien s'accroche alors à la sangle pour guider l'hélicoptère en bout de câble et tenter d'arracher du clocher les éléments métalliques les plus instables. Il descend doucement et petit à petit, le coq, à ses yeux, se fait impressionnant : il doit bien mesurer deux mètres de large. C'est juste en-dessous qu'il lui faudra s'agripper.

En bas, il semble que tous les habitants du village se soient réunis pour assister à ce « spectacle » d'acrobatie aérienne.

Plusieurs tentatives sont nécessaires pour rapprocher le plus possible du coq le mécanicien suspendu dans le vide.

qui, par signes, guide le treuilliste, lequel retransmet les indications au pilote. L'appareil est d'abord trop bas. Il s'élève à nouveau mais le tournoiement du câble sur lui-même n'arrange pas les choses. Même en tendant les bras, il n'est pas facile de toucher le sommet du clocher.

Les minutes passent et l'opération paraît maintenant moins évidente, lorsque, soudain, ça y est : le mécanicien pendulaire réussit à s'accrocher au sommet du clocher. Par deux fois, il parvient à arracher deux parties métalliques d'un mètre de haut et pesant chacune près de quinze kilos.

Les bras chargés, on le remonte lentement à bord de l'hélicoptère. Du clocher, désormais, il n'y a plus de danger à craindre. Le reste tiendra encore, le temps pour l'entreprise de rénovation d'installer son chantier.

Sur la place du village, le curé et le maire se réjouissent et félicitent les trois « hommes du ciel » comme il se doit : les habitants pourront passer au pied de l'église en toute sérénité.

Les missions de prévention, c'est aussi l'affaire de la Sécurité civile.

26

## DANS LES VOSGES ENNEIGÉES

On dit parfois d'un endroit isolé qu'il est « ravitaillé par les corbeaux ». Ce dicton mériterait d'être modernisé et d'être remplacé dans certains cas par : « Ravitaillé par les Alouettes ». Le récit qui va suivre et qui concerne la base Sécurité civile de Strasbourg, en est une illustration.

* * *

Janvier 1981. Il a abondamment neigé sur les Vosges. A tel point que certains écarts et hameaux ne sont plus accessibles. Cela pose de sérieux problèmes, particulièrement aux ruraux.

C'est ainsi que de l'autre côté du Ballon d'Alsace, au lieu-dit « Le Pré Février », dans la région de Fresse, en Haute-Saône, une ferme située à environ 700 mètres d'altitude est isolée depuis une dizaine de jours. Elle est tenue par un jeune couple d'agriculteurs qui a un bébé de quatre mois.

Si la famille n'est pas en danger, par contre le bétail manque de nourriture. A la ferme se trouve un troupeau d'une centaine de têtes, moutons et chèvres. Les femelles ont mis bas il y a peu et une quarantaine d'agneaux et de cabris sont venus grossir le cheptel.

Le lundi 19 janvier, un appel arrive à la base hélico de Strasbourg : on sollicite son aide pour ravitailler la ferme. Toute liaison par voie terrestre est impossible. La seule possibilité d'amener de la nourriture au troupeau en péril, c'est par la voie des airs.

Pour cette mission peu ordinaire, des autorisations sont nécessaires. Le mardi matin, tout est en règle, sauf... la météo. L'Alouette rouge ne quitte pas son terrain d'Entzheim. Heureusement, en début d'après-midi c'est l'éclaircie et l'hélicoptère décolle. A bord, le pilote Michel Lechat, chef de la base, le mécanicien Paul Guatelli ainsi qu'un médecin du SAMU qui vient prêter main-forte au cas où ses services seraient requis.

Trois quarts d'heure de vol et l'Alouette III se pose à Fresse sur une aire d'atterrissage improvisée pour la circonstance et où ont été rassemblés des sacs d'aliments pour le bétail : au total, un bon millier de kilos répartis en conditionnements d'un demi-quintal chacun.

Sous les regards intéressés des écoliers de Fresse, l'équipage embarque les sacs. Puis reprend l'air et s'en va les larguer juste à côté de la ferme du « Pré Février » où les agriculteurs les réceptionnent. L'appareil ne peut pas se poser car la couche de neige fraîche est trop épaisse : le pilote le maintient en stationnaire un peu au-dessus de la surface et le mécanicien procède au déchargement.

Il faudra ainsi cinq allers et retours pour déposer la nourriture des moutons et des chèvres. Mission réussie : à une unité près, le troupeau sera entièrement sauvé. Et une fois de plus l'hélicoptère aura prouvé son utilité.

## 27

## UN ENTRAINEMENT MOUVEMENTÉ

Périodiquement, les équipages de la Sécurité civile suivent des stages de recyclage de vol en montagne. C'est ainsi qu'à la base d'Annecy-Meythet, des pilotes viennent s'entraîner afin de mieux percer les arcanes de la montagne qui présente bien des spécificités, notamment et surtout dans les domaines de l'aérologie et de la météorologie.

En ce tout début d'été 1981, plusieurs pilotes sont donc en stage à Annecy où ils volent avec René Romet, leur moniteur, lui-même pilote à la base de la Sécurité civile. C'est là que l'un de ces stagiaires, le pilote Gérard Germe, de la base de la Rochelle, va participer à une séance d'entraînement mouvementée puisqu'elle se transformera brusquement en mission assez « pointue » dans le massif du Mont Blanc où deux personnes seront sauvées.

* * *

23 juin 1981, sur la base d'Annecy : les conditions météorologiques ne sont pas fameuses ; la couverture nuageuse est menaçante ; le vent du sud s'est levé et la perturbation arrive. Mais à la Sécurité civile, on sait que, stage

ou pas, on doit être capable de voler par n'importe quel temps.

Un vol d'entraînement étant prévu dans le secteur des Aravis puis sur le massif du Mont-Blanc, on sort donc du hangar l'Alouette III immatriculée F-ZBDH. Montent à bord, en place pilote : Gérard Germe, le stagiaire ; en place moniteur : René Romet ; à l'arrière : Roger Colin, pilote et Jean-Pierre Schuller, mécanicien, également d'Annecy. Roger Colin n'est pas de service ce jour-là mais comme il se trouve lui aussi à la base, il va participer à l'entraînement.

Un message téléphonique à la préfecture d'Annecy indique que l'hélicoptère va se brancher sur la fréquence radio du Peloton de Gendarmerie de Haute montagne (P.G.H.M.) de Chamonix : s'il y a une alerte, on pourra ainsi entrer en contact avec lui.

A 14 heures, l'appareil décolle et s'élève en direction des murailles rocheuses qui dominent le bassin du lac d'Annecy, vers ce massif des Aravis où se nichent Thônes, la Clusaz et le Grand-Bornand. Vingt minutes plus tard, l'Alouette contacte Chamonix par radio :

« Cordial de Dragon : nous sommes au-dessus de Megève. Si vous avez un appel... »

Les événements, alors, se précipitent. En effet, au même instant, le P.G.H.M. intervient :

« Nous venons de recevoir un appel de détresse du refuge Vallot... Deux personnes demandent du secours... Un homme est en état d'épuisement... »

On apprendra par la suite que ces deux alpinistes, une femme et un homme, d'une cordée composée de grimpeurs belges, « faisaient » le Mont-Blanc lorsqu'ils furent contraints à renoncer en raison des mauvaises conditions météorologiques : un vent soufflant à plus de 100 km/h et une ascension rendue extrêmement difficile par la neige fraîche.

A un peu plus de 400 mètres sous le sommet du Mont-Blanc, le refuge Vallot, sur le versant nord, n'est en fait qu'une simple cabane perchée au-dessus du vide, à 4 362 mètres d'altitude, dominant le Grand Plateau. Dans cette cabane, une balise-radio de détresse, fonctionnant au moyen d'un panneau solaire, permet d'entrer en liaison avec la vallée de Chamonix pour y déclencher l'alerte : il suffit de décrocher un classique combiné téléphonique.

A bord de l'hélico, qui se trouve à ce moment-là à 3 500 mètres d'altitude, on fait le point rapidement.

René Romet raconte :

« En bas, la couche nuageuse est épaisse. En haut, la couche supérieure s'accroche au sommet du Mont-Blanc. Le fort vent du sud bouleverse toutes ces masses sans cesse en mouvement. Les conditions atmosphériques se dégradent de minute en minute.

« Je contacte le P.G.H.M. pour lui dire que si l'on se pose d'abord à Chamonix pour y embarquer des sauveteurs avant de remonter à Vallot, on risque de ne plus pouvoir passer. Comme nous sommes déjà quatre à bord, nous décidons de nous rendre directement sur les lieux en profitant d'une trouée momentanée. C'est à notre avis la seule façon de récupérer au plus vite les deux personnes en difficulté. Par ce temps-là, une caravane terrestre a peu de chances d'arriver là-haut dans les meilleurs délais. »

Dix minutes plus tard, l'hélico se présente sur la cabane Vallot.

« Malgré le vent toujours aussi déchaîné, nous tentons une approche directe. Et c'est réussi : nous parvenons à nous poser devant la cabane sur un éperon de glace long d'à peine une trentaine de mètres. Evidemment, au cours d'un entraînement normal, nous n'aurions jamais effectué cet atterrissage très délicat.

« Nous voilà posés. Bien entendu, pas question d'arrêter la turbine : si par hasard on ne pouvait pas la relancer... Quatre hommes perdus là-haut sans équipement suffisant... »

Le vent secoue rageusement l'appareil. S'il vient à glisser, gare à la culbute dans le vide !

On fait coulisser la portière et dans les rafales, malgré la gêne respiratoire consécutive à l'altitude, le mécanicien Jean-Pierre Schuller saute sur la glace, va aussi vite qu'il le peut jusqu'à la cabane et en ramène sur son dos l'alpiniste épuisé. Roger Colin lui prête main-forte pour le hisser à bord de l'Alouette.

Nouvel aller-retour dans la tourmente pour récupérer la jeune femme, ainsi que les sacs des grimpeurs.

Dans l'hélicoptère, il y a maintenant six personnes. Ce qui serait faisable en plaine, à savoir décoller à pleine charge, n'est évidemment pas facile ici, à plus de 4 000 mètres d'altitude et par un temps pareil.

René Romet essaie tout de même de mettre sa machine en vol stationnaire. L'hélico s'élève à peine d'un mètre qu'il retombe aussitôt sous l'effet du vent rabattant qui le plaque sur l'éperon glacé. Le pilote tente une deuxième manœuvre : deuxième échec ! Une troisième fois : troisième échec ! Chaque fois, l'appareil redescend.

Dans la carlingue, on se regarde d'un air interrogateur : si l'on veut enfin décoller et s'échapper de ce piège, il va falloir alléger l'hélico. Mais qui — ou quoi — va-t-on « jeter par-dessus bord » ?...

Jean-Pierre Schuller se propose : il va descendre et rester dans la cabane dans l'attente d'un autre secours. Roger Colin refuse : les risques, dit-il, sont trop grands pour le mécanicien qui n'a pas l'équipement nécessaire en haute montagne puisqu'il n'est parti d'Annecy que pour un entraînement. Comment pourra-t-il survivre dans cette tourmente par une température de moins 30° ? Et les conditions atmosphériques étant exécrables, quand pourra-t-on revenir le chercher ?

Une deuxième solution est alors envisagée : on débarque la jeune femme qui, elle, est valide, très bien équipée et on la laisse dans la cabane. Mais à son tour, c'est elle qui refuse tout net, ne voulant pas se retrouver seule là-haut. Elle fait valoir ses arguments : « Je suis restée, dit-elle, par gentillesse auprès de mon compagnon, pour l'assister et pour l'aider. Mais maintenant... »

Dans la cabine ballottée par le vent, le ton monte un peu. Le temps presse et René Romet calme tout le monde en annonçant : « Je vais essayer une quatrième fois... »

Les rafales sont toujours aussi fortes. Romet demande à Germe d'avoir à l'œil la température de la turbine et à Colin et Schuller de bien surveiller le seul trou dans les nuages qui permettra de plonger et de s'évader vers le Dôme du Goûter. C'est un peu la roulette russe : ça va passer, ou bien...

René Romet raconte :

« Je tire sur la commande de pas général et quand l'hélico est à un mètre de hauteur, je mets du manche en avant. L'Alouette s'incline. Je mets encore du manche sur la pente. Les skis de l'appareil touchent. On glisse un peu. Mais ça y est : ça passe !

« Nous tombons dans le vide en nous laissant entraîner par le rabattant vers le Grand Plateau, à 4 000 mètres d'altitude. Nous dégringolons ainsi d'environ 300 mètres en quelques secondes. Va-t-on pouvoir s'en sortir ou va-t-on s'écraser quelque part du côté du col du Dôme ?

« Dans l'hélico, plus un mot. C'est la fuite en avant.

Mais comment faire autre chose ? On descend, on descend dans le rabattant, tout droit vers le col. Je tire le manche à fond.

« Au dernier moment, vingt mètres avant le col, l'appareil se remet brusquement sur sa trajectoire. Ce n'est pas aujourd'hui qu'on se ramassera sur le Gand Plateau...

« Sortis de la trouée, nous commençons à devenir euphoriques et à parler tous en même temps. Sans doute pour calmer notre trouille...

« Bientôt nous apercevons la vallée de Chamonix et nous demandons par radio une ambulance. Nous nous posons sans encombre sur l'hélisurface des Bois d'où notre alpiniste mal en point est aussitôt transporté à l'hôpital de Chamonix. Malgré la peur que nous avons eue, nous sommes satisfaits : notre mission a réussi de justesse car Vallot est à présent complètement recouvert. Ces mauvaises conditions météo dureront trois jours d'affilée. Une caravane terrestre aurait éprouvé de sérieux problèmes pour gagner la cabane. »

Ce vol d'entraînement qui tourna à la périlleuse mission en haute montagne devait avoir une conclusion inattendue, conclusion que l'équipage, sur le coup un peu abasourdi tout de même, nous a rapporté :

« Son compagnon évacué par l'ambulance, la jeune femme est restée avec nous à la DZ des Bois afin de fournir les renseignements nécessaires aux gendarmes du P.G.H.M. C'est alors qu'elle nous a dit sur le ton le plus sérieux : « Pourriez-vous me remonter jusqu'à Vallot ? J'ai oublié mes gants dans la cabane... ». Visiblement, elle n'avait pas réalisé que nous venions de sauver la vie de son ami en prenant de sérieux risques. Comme pas mal de gens qui fréquentent la montagne, elle avait sans doute pris l'hélico pour un simple ascenseur... »

## 28

# PLAN ORSEC A LANGON

Quand les eaux montent dans le sud-ouest de la France, des milliers de personnes se trouvent parfois isolées, menacées, surprises la nuit dans leur sommeil ou pendant leurs occupations de la journée. Sans oublier les dégâts causés aux habitations, la destruction des digues, des routes, la perte de nombreux animaux et autres biens agricoles.

A la suite des pluies diluviennes des jours précédents, c'est, en ce 16 décembre 1981, dans la région de Langon que le débordement de la Garonne provoque le plus de dégâts.

Vers 10 h 30, le plan ORSEC [1] est déclenché. Tout ce qui est susceptible d'y concourir est mobilisé. Ainsi, la base aérienne militaire de Cazaux fournit deux hélicoptères Alouette II, une Alouette III et un Puma SA 330 avec toute l'assistance technique nécessaire. La Gendarmerie met en œuvre deux Alouette II. Quant à l'Alouette III de la base Sécurité civile de Bordeaux, elle a déjà effectué de nombreuses missions de reconnaissance sur le secteur sinistré. Pour leur part, les sapeurs-pompiers locaux attendent des renforts de la région de Marseille et une dizaine d'embarcations pneumatiques « Zodiac ».

1. Plan ORSEC : organisation des secours.

Les standards téléphoniques sont bloqués, les demandes de secours arrivent de partout. A Langon, la Garonne atteint 9 m 25 puis plus de 10 mètres en fin d'après-midi.

La SNCF fait aussi partie du plan ORSEC. Les cheminots doivent effectuer un gros travail de vérification des voies ferrées, des éboulements se produisant çà et là. Il leur faut également informer la population avoisinante de l'extrême danger que représente la circulation sur les voies, de nombreux trains les utilisant.

En fin de journée, plusieurs centaines de personnes et probablement pas loin d'un millier ont été secourues par bateaux. Mais certains endroits ne sont pas accessibles par voie d'eau, le fort courant étant trop menaçant.

C'est alors qu'interviennent les hélicoptères, à basse altitude, entre toits et couches nuageuses, bravant la menace des lignes de l'E.D.F. et pas toujours avertis de la position des uns par rapport aux autres en raison de la mauvaise visibilité.

Pendant deux jours, l'Alouette rouge de la Sécurité civile ne cessera d'hélitreuiller de maison en maison. A son bord, le chef de la base Patrick Bros et les mécaniciens d'équipage Dagouneau et Jouanny accompliront vingt-quatre treuillages, souvent au travers des lucarnes des toits ou par les fenêtres des premiers étages. Il ne leur est pas toujours facile de récupérer les enfants et les personnes âgées au bout d'un filin de sauvetage. Et ils se souviendront longtemps de cette vieille dame qui, au risque de perdre la vie, ne voulait se faire hisser dans les airs qu'accompagnée des derniers survivants à plume de sa petite basse-cour...

## 29

## COUP DE TABAC SUR LE GOLFE D'AJACCIO

Ajaccio, le 19 décembre 1981 : sur le cours Lucien-Bonaparte, à l'amorce de la route des îles Sanguinaires battues par des flots furieux, des dizaines de curieux regardent avec inquiétude un voilier ballotté comme une coquille de noix.

— Ils vont être engloutis, s'écrie l'un d'entre eux.

Tout le monde a le cœur serré et l'on s'interroge sur la tournure que risque de prendre pareille situation : les quatre plaisanciers visibles sur le pont affrontent des vents de force 5 et des creux impressionnants. Un véritable coup de tabac en plein golfe d'Ajaccio.

A bord, on a certainement conscience du danger mais, du rivage, aucun signe de panique n'est perceptible. Sans doute les navigateurs se sentent-ils forts d'une expérience riche des choses de la mer. Autrement comment expliquer une sortie par un temps pareil ?

Il est un peu moins de 16 heures quand, brutalement, le voilier démâte. Une fausse manœuvre ? Une lame plus forte que les autres ? Les deux à la fois semblent indiquer les premiers témoignages.

Les quatre passagers sont aspirés par l'énorme vague qui vient de balayer le pont. Aucun n'a pris la précaution de se munir des gilets de sauvetage qui sont pourtant à bord. Les voilà maintenant à la merci de la mer déchaînée.

Des coups de téléphone affluent au commissariat de Police, à la Gendarmerie, à la Sécurité civile, à la Société de sauvetage. A 16 h 10, la base hélicoptère de la Sécurité civile est alertée. Il n'y a pas une minute à perdre. L'équipage de permanence Demangel-Ménager s'installe à bord de l'appareil tandis que, de passage à la base, le mécanicien sauveteur secouriste Joseph Minvielle enfile déjà sa combinaison d'homme-grenouille et renforce inopinément le pilote et le mécano pour les besoins du sauvetage. Son volontariat sera déterminant dans le déroulement de cette mission.

En quelques minutes, l'hélico rouge est à la verticale des plaisanciers en difficulté. Après un rapide coup d'œil sur leur situation, on ouvre la porte de l'appareil et le plongeur se jette à l'eau, les creux atteignant trois à quatre mètres. Malgré la forte houle, il progresse rapidement vers une femme qui, tel un bouchon de ligne, disparaît par intermittence. Il parvient à l'agripper. Elle est déjà presque inconsciente.

Pendant ce temps, le mécanicien-treuilliste, qui a suivi la manœuvre depuis l'hélico, descend le câble muni d'une sangle et l'on remonte la malheureuse. Le pilote met aussitôt le cap sur la côte et dépose la victime près d'une ambulance du S.A.M.U. [1]. La naufragée est confiée inanimée à l'équipe médicale qui la prend en charge et s'active déjà à la ranimer. Un temps précieux est ainsi gagné dans la lutte contre la mort. L'ambulance fait route vers l'hôpital.

Entre-temps, l'homme-grenouille est arrivé à se hisser sur le voilier en perdition. Il rejoint le seul des quatre passagers qui a eu suffisamment de force pour regagner le bord.

1. S.A.M.U. : Service d'Aide Médicale Urgente.

L'homme est très éprouvé physiquement et nerveusement. Le sauveteur Joseph Minvielle s'emploie à le rassurer et à le convaincre qu'il n'y a pas d'autre salut possible que le treuillage par l'hélicoptère. Cinq bonnes minutes d'argumentation lui sont nécessaires...

Au-dessus d'eux, l'Alouette rouge attend le moment propice. Finalement, le plaisancier se laisse sangler et on le récupère sans encombre dans l'hélico.

Mais que sont donc devenus ses deux autres compagnons ? La mer démontée ne tarde pas à apporter une première réponse : un corps entre deux eaux est rapidement amené sur le rivage.

Un important dispositif de recherches est mis en place pour retrouver le second disparu. Mais, cette fois, les hélicoptères et la vedette de la Gendarmerie, le canot de sauvetage, ne verront pas leurs efforts couronnés de succès. Seul un anorak flottant à la surface leur donnera un espoir momentané.

Le lendemain matin, les recherches reprennent. Au lever du jour, vedettes et hélicoptères sillonnent et survolent les lieux du drame. Mais ni dans l'écume battant les rochers de la chapelle des Grecs à la place Miot, ni plus loin dans le golfe on ne retrouvera le corps.

Ce naufrage aura donc fait deux victimes malgré l'intervention courageuse du personnel de la base hélicoptère de la Sécurité civile qui, quelques mois auparavant, plus chanceux, avait réussi à récupérer cinq personnes, dont deux enfants, sur une embarcation, juste avant que celle-ci ne chavire.

## 30

## DE NUIT DANS LE MONT-PERDU

Il est environ 21 heures ce 10 octobre 1981 : un douloureux mal de gorge et un rhume qui se prépare obligent Claude Clochard, pilote de la Sécurité civile à Pau-Uzein, à aller se coucher. Demain, la journée devrait être calme : aux actualités télévisées régionales, la météo prévoit une entrée d'air maritime sur la région et un très mauvais temps avec des stratus bas. Les pyrénéistes vont sans doute rester à la maison plutôt que d'arpenter les montagnes.

En attendant, Claude Clochard va connaître une nuit agitée.

* * *

« A peine au lit, j'entends la sonnerie du téléphone. Et ma femme m'appelle :

— Viens, c'est pour toi : le poste de Gavarnie te demande.

« Bien que nous soyons basés à Pau, les C.R.S. ont toute l'année un poste de secours avancé à Gavarnie. Au bout du fil, mon camarade Pierre Forgue interroge :

— Pourrais-tu venir pour un secours au Mont-Perdu ?

— Tu as vu l'heure ? C'est grave ?

— On ne sait pas encore. Mais tu connais le coin : à pied, on n'y sera pas avant sept ou huit heures.

— Quel temps fait-il là-haut ?

— Grand beau. On voit les étoiles.

« Je regarde par la porte du couloir : à Pau également, le ciel est clair. Je réfléchis un instant : bien sûr, à pied le secours va durer assez longtemps. De plus, avec l'annonce de mauvaises conditions pour demain, on ne pourra sans doute pas intervenir au petit jour. Alors, allons-y et tentons le coup.

— C'est bon, nous arrivons.

« J'appelle le mécanicien d'alerte avec moi, Jean Perrin, qui est lui aussi partant pour cette mission. Toujours prêt « le Perrin » ! Il vient me prendre à la maison et nous montons à la base. Le temps de sortir l'hélico et nous voilà cap sur Lourdes. La nuit est belle, le temps très calme. Les étoiles scintillent et un croissant de lune est là pour nous faciliter la tâche. Au loin, les lumières de Lourdes et de Tarbes ; en arrière-plan, la montagne, masse sombre, dessine ses crêtes sur l'horizon. Je connais bien cette région pour la pratiquer depuis de nombreuses années.

« A partir de Lourdes, nous prenons de l'altitude pour nous engager dans la vallée vers Argelès et Gavarnie. Sur la route, les feux des voitures balisent la vallée, semblant nous indiquer chaque virage. Un peu plus loin, voilà Pragnères avec sa forêt de lignes à haute tension qui tisse une toile d'araignée ; puis les lumières de Gèdre et ,enfin, celles de Gavarnie. Au sol, les C.R.S. ont illuminé la DZ[1] en allumant les phares d'un véhicule 4×4. On descend en spirale et on atterrit sans problème, comme on le fait tant de fois de jour.

1 DZ (Droping Zone) point de poser pour hélicoptères

« Pendant l'embarquement de deux C.R.S. secouristes et d'un médecin, Pierre Forgue me renseigne sur l'endroit où nous devons aller récupérer une jeune pyrénéiste espagnole qui a dévissé près du lac gelé dans la région du Mont-Perdu. Je vois parfaitement les lieux : c'est sur le versant espagnol ,au-dessus du refuge de Gaulis ; un couloir avec, au bout, un petit lac ; on tourne à droite et c'est sur l'arête qui conduit au Mont-Perdu.

« Nous décollons et nous montons sur Gavarnie pour nous dégager des lignes à haute tension qui traînent dans le secteur de la station. Ah ! ces lignes : c'est notre hantise...

« La muraille du cirque se dresse, telle une barrière, vers le sud. Au loin, on distingue le col de Boucharo qui se découpe dans la pénombre. Je décide de passer par-là et de faire le tour par la vallée d'Ordesa qui remonte vers le Mont-Perdu. Pendant le trajet, comme à chaque secours, j'essaie d'imaginer la situation : vais-je trouver rapidement ? Est-ce que l'opération sera facile ?

« Nous voici au refuge de Gaulis. Des lumières s'agitent au sol : ce sont les lampes frontales des montagnards qui campent tout autour. Le Mont-Perdu culmine à 3 352 mètres. L'intervention doit se situer aux alentours de 2 700 mètres. Nous allons effectuer une première reconnaissance à cette altitude. Pourvu que les compagnons de cordée de la blessée allument un feu ou nous fassent des signes lumineux. Sans quoi, autant chercher une aiguille dans une meule de foin.

« Nous écarquillons les yeux. A peine l'hélico est-il stabilisé, cap et altitude, que nous apercevons des signaux dans la paroi vers laquelle nous volons. Pas de doute : on les a trouvés du premier coup. Je commence mon approche face à cette bouée lumineuse. Vitesse, taux de chute : tout est correct. Les vibrations que je ressens dans les fesses me confirment que tout se déroule normalement. Les pales portent bien, on peut continuer.

« A distance convenable, j'allume le phare. Bientôt, quatre ou cinq personnes s'agitent dans le faisceau lumineux. Je repère un replat et je me pose au phare sans difficulté. Il est déjà plus de 23 heures. Par précaution, je n'arrête pas la turbine pendant que les C.R.S. secouristes et Perrin s'occupent de la victime et la chargent à bord. Nous convenons de la descendre tout de suite à Gaulis pour qu'elle y soit examinée. Ce sera beaucoup plus commode qu'ici.

« Nous plongeons vers le refuge, 700 mètres plus bas et nous atterrissons devant une vingtaine de montagnards assez surpris de nous voir là à pareille heure. Le docteur Galibert ausculte la blessée. C'est une jeune femme d'environ 25 ans. Elle a dévissé dans la descente de la voie normale du Mont-Perdu. Atteinte d'une fracture du crâne, elle a subi une importante hémorragie et se trouve dans un état comateux.

« Normalement, puisqu'il s'agit d'une ressortissante espagnole, nous devrions l'emmener au village de Torla, un peu plus bas, d'où elle serait évacuée en ambulance sur l'hôpital de Pampelune. Mais le médecin est très inquiet : vu son état, elle ne survivra certainement pas à ce long transport par la route. Il n'y a pas un instant à perdre : nous allons la ramener à l'hôpital de Tarbes qui est moins loin. C'est sa seule chance de s'en tirer.

« Le médecin s'active pour la préparer au transport et nous redécollons. Cette fois, nous sommes haut et je n'ai plus qu'à me laisser aspirer par la plaine. Nous établissons le contact radio avec l'hôpital de Tarbes et nous annonçons notre arrivée. Dès l'atterrissage, une équipe médicale prend immédiatement la blessée en charge. Il est minuit passé. C'est terminé pour nous et nous rentrons à la base de Pau, heureux d'avoir réussi cette mission et contribué à sauver une vie. Nous avions eu raison de prendre l'air cette nuit-là : le lendemain, en effet, la perturbation était bien là, interdisant tout décollage. Quant à notre rescapée, elle fut transférée à l'hôpital de Toulouse d'où elle devait sortir un mois plus tard, guérie de ses graves blessures. »

## 31

## UNE MISSION EN RASE-MOTTES

Il ne faut pas forcément être alpinistes bloqués sur les plus hauts sommets montagneux ou navigateurs perdus en pleine mer pour faire la « une » des journaux et mobiliser des dizaines de sauveteurs professionnels et bénévoles. L'aventure vécue par Frank et Richard, deux jeunes lillois de quatorze et treize ans, l'a prouvé : à quelques kilomètres seulement d'une grande capitale régionale, on peut, faute de secours efficaces et organisés, risquer sa vie en étant complètement isolé du monde extérieur.

* * *

En ce jeudi 25 février 1982, on est sans nouvelles de ces deux garçons. Ils ne sont pas rentrés déjeuner chez eux. Où sont-ils passés ? Que peuvent-ils bien faire ?

— Ils sont partis voir le Lac Bleu, finissent par dire quelques-uns de leurs camarades de classe.

Le Lac Bleu ? Ce n'est en fait qu'une petite mare d'eau boueuse au fond d'un réseau de carrières souterraines abandonnées depuis des siècles, sur le territoire de Lezennes, une petite ville de la proche banlieue de Lille.

Les deux jeunes apprentis spéléologues se sont introduits dans un trou d'éboulement en plein champ, en bordure d'une route départementale. Ils n'ont emmené pour tout matériel que trois cordes, deux canifs, une boîte d'allumettes et une seule et unique bougie. Malheureusement, ce trou ne débouche sur aucun accès aux galeries. Les deux garçons s'en rendent compte très vite en pénétrant dans les ténèbres et l'humidité, couchés dans la boue et la terre crayeuse avec pour seuls « visiteurs » des rats, des escargots et des cloportes.

Déçus, ils décident de rebrousser chemin. Richard, l'aîné, s'agrippe à la corde de sortie mais alors qu'il ne lui reste plus qu'une longueur de bras pour atteindre la surface, cette corde casse net. Il dégringole une dizaine de mètres plus bas, au fond du trou, pris au piège avec son compagnon.

Les heures passent. Malgré leurs cris désespérés, ils ne perçoivent aucune réponse. Le jour tombe et la température extérieure passe en-dessous de 0°.

Les organismes de secours officiels ont été alertés par les parents. Policiers et pompiers s'activent parallèlement : les uns enquêtent en ville, les autres cherchent déjà dans les galeries souterraines dont certains accès sont connus. Ce n'est pas la première fois que des enfants s'y aventurent dangereusement.

Les recherches se poursuivent, sans résultat. On pense même à une fugue. Une trentaine de policiers mènent des investigations pour élucider le mystère de cette double disparition. En se relayant, des équipes de sapeurs-pompiers explorent les galeries de craie, progressant difficilement et en traînant derrière elles des cordelettes pour ne pas se perdre à leur tour.

La journée de vendredi se passe sans que l'on obtienne

le moindre indice. C'est la deuxième nuit d'angoisse pour les parents de plus en plus pessimistes.

La presse écrite, la radio et la télévision commentent l'événement. De nombreux sauveteurs bénévoles offrent leurs services. Un groupe de spéléologues belges renforce les moyens mis en place. Une trentaine d'hommes, à présent, progressent sous terre avec acharnement.

Dans leur trou à ciel ouvert, Frank et Richard voient tomber la nuit une seconde fois. Ils ont faim et froid et commencent à perdre tout espoir. Leurs cris résonnent encore mais se perdent dans la nuit.

A l'aube, le jour éclaircit la plaine flamande. Tous les responsables des services de secours se réunissent pour faire une synthèse de l'action menée jusque-là. On convient de faire entrer dans le système de recherche des effectifs et des moyens nouveaux : une nouvelle politique de secours est donc mise en œuvre. C.R.S. et gendarmes mobiles sont appelés sur les lieux. On se décide alors à faire appel à l'hélicoptère de la Sécurité civile. Une idée inattendue au premier abord : pourquoi l'Alouette rouge dans le cadre d'une telle recherche ?

Et pourtant, comme on va le constater, l'idée est bonne.

L'appareil se pose à huit heures du matin près du P.C. opérationnel, entre deux lignes à haute tension. A bord, l'équipage Vovan-Delafosse se voit confier pour mission de ratisser le secteur à vingt mètres d'altitude afin de repérer si possible, dans les sillons des labours, les orifices de puits ou d'affaissements de terrain non répertoriés sur les cartes et qui pourront être examinés ensuite par des équipes au sol. Pour le pilote et le mécanicien, cette mission sera la plus en rase-mottes de leur carrière.

Un ingénieur spécialisé prend place à bord de l'hélicoptère et l'équipage se partage la tâche d'observation · l'un s'efforcera d'évoluer au ras du sol en se méfiant des lignes électriques, l'autre recherchera tout indice pouvant intéresser la prospection.

Allongés côte à côte, blottis dans leur manteau, les deux enfants, au fond du trou, sont brusquement réveillés par le sifflement de la turbine.

— Ça y est, c'est un hélicoptère qui nous recherche, dit l'un d'eux.

Sans attendre, rassemblant leurs dernières forces, et quelques brindilles qui se trouvent autour d'eux, ils allument un feu. Une timide fumée blanchâtre monte vers le ciel.

Au même instant, dans la cabine de l'appareil, quelqu'un s'exclame :

— Mais qu'est-ce que c'est, cette fumée blanche, là, droit devant nous ?

— Ça doit être de l'air chaud qui monte des carrières, répond l'ingénieur.

L'hélico, cependant, poursuit comme convenu sa progression méthodique. Et il signale la fumée. Plus tard, une compagnie de gendarmes mobiles explore le secteur repéré. Vers 10 h 30, l'un d'eux découvre un bout de corde plongeant au fond d'un trou. Il se penche et aperçoit, tout penauds, Richard et Frank, plus hébétés que surpris. Richard est le plus affaibli mais ils sont tous les deux enfin sauvés. La radio n'en finit plus de lancer ses messages.

Trois minutes plus tard, hissé au bout d'une corde, Frank rejoint la surface. La remontée de son camarade s'effectue au moyen d'une civière de spéléos. Réceptionnés par les médecins du S.A.M.U., ils sont emmenés en observation à l'hôpital régional. Leurs yeux s'illuminent quand deux plateaux-repas sont portés dans leur chambre...

— On en a déplacé du monde, s'exclament-ils, ravis de leur soudaine célébrité, en recevant les journalistes.

Pour les parents enfin rassurés, ces trois jours de février 1982 resteront dans leur souvenir : trois jours d'angoisse et une issue heureuse.

## 32

## OPÉRATION « CARAMEL »

Le 11 mai 1982, à 12 h 52, le Centre de Secours des sapeurs-pompiers d'Arras est mis en alerte : une violente explosion d'origine inconnue vient de se produire à l'usine Béghin-Say de Boiry-Sainte-Rictrude, dans le Pas-de-Calais. On craint le pire. Une équipe médicale du S.A.M.U. (Service d'Assistance Médicale Urgente) se rend sur les lieux, de même que l'hélicoptère médicalisé de la base Sécurité civile de Lille.

Dans l'usine, les dégâts sont très importants. L'explosion a eu lieu dans l'un des énormes silos à sucre et des débris ont été projetés à plusieurs dizaines de mètres jusque sur la route départementale voisine. Les voitures des employés garées à proximité sont pour la plupart sérieusement endommagées. L'incendie fait rage et des installations s'effondrent çà et là.

Une reconnaissance rapide est effectuée par les premiers sauveteurs arrivés sur place. C'est un vrai miracle : il n'y a pas le moindre blessé. Les personnes qui travaillaient à cet endroit voici à peine une heure sont parties déjeuner. Néanmoins, les équipes médicales restent sur place pendant que plus de cinquante sapeurs-pompiers s'activent autour d'une dizaine de grosses lances en batterie.

Prévenus de l'accident, les représentants de la direction de Béghin-Say viennent de Paris pour constater l'ampleur des dégâts et prendre les décisions qui s'imposent.

Le lendemain, l'incendie semble maîtrisé. Des trains spéciaux sont affrêtés pour l'évacuation de la marchandise à récupérer. Mais avant de commencer le vidage du silo dans les wagons, une dernière reconnaissance aérienne des bâtiments sinistrés est demandée par la direction de l'entreprise. L'hélicoptère rouge survole la toiture encore fumante : il ne reste que les poutres métalliques par lesquelles on aperçoit très bien la surface du sucre stocké ; et là, trois points de combustion subsistent. La récupération ne pourra se faire avant leur extinction complète.

Malgré la mise en œuvre des grandes échelles et des lances-canon, les jets d'eau ne peuvent atteindre la hauteur du silo. Devra-t-on assister impuissants à l'autocombustion de 48 000 tonnes de sucre se transformant en caramel ?

Dans l'hélicoptère, les discussions vont bon train : l'équipage Jean-Pierre Leplus et Francis Delafosse examine la situation avec le commandant Jean-Luc Savary qui représente la direction départementale des Services de Secours et d'Incendie. A leur avis, une solution peut encore être envisagée : le largage de poudre polyvalente par la voie des airs. La seule manière d'éteindre les points de combustion à l'intérieur du silo et à travers la charpente métallique, c'est de jeter des sacs de poudre blanche par la trappe de sauvetage de l'hélicoptère.

Soixante sacs plastiques de trente kilos chacun sont donc préparés. Ils seront chargés en plusieurs fois, au cours des rotations, dans la cabine de l'Alouette III.

L'appareil décolle avec cette inhabituelle cargaison, le pilote le maintenant en vol stationnaire à une hauteur suffisante pour éviter toute approche d'air chaud [1] en provenance du bâtiment incendié. Installé à l'aplomb de la trappe de sauvetage, le mécanicien de bord guide le pilote pour larguer un par un les sacs de poudre. Bon nombre d'entre eux éclatent sur les poutrelles métalliques avant même de toucher les zones visées. Un sac sur cinq seulement atteint son objectif.

Dans l'Alouette III, on commence à douter du résultat positif de l'opération quand, après plusieurs chargements, un dernier sac fait mouche sur le troisième et dernier point de combustion. Cette fois, le feu est définitivement vaincu. L'intérieur de la cabine de l'hélicoptère, débarrassé du matériel médical pour les besoins de cette mission, est maintenant complètement blanchi, tout comme, d'ailleurs, les vêtements et les visages des membres de « l'équipage bombardier ».

A la grande satisfaction de la direction de Béghin-Say, la récupération des 48 000 tonnes de sucre peut à présent être faite en toute sécurité. Pendant plusieurs jours, les trains spéciaux effectueront d'inlassables va-et-vient, transportant la marchandise vers d'autres dépôts de France et de l'étranger.

La parfaite collaboration entre un responsable des sapeurs-pompiers et un équipage de la Sécurité civile a ainsi permis de réaliser un travail efficace ; et à une entreprise de sauver une importante partie de sa production. La Sécurité civile étant responsable, au sein du ministère de l'Intérieur, de la sauvegarde des personnes et des biens, l'hélicoptère de la base de Lille aura, ce jour-là encore, rempli sa mission.

1. L'évolution d'un hélicoptère à turbine dans de l'air trop chaud ou enfumé peut causer l'arrêt brutal et complet du moteur.

33

# « L'ABBÉ DU MONT-SAINT-MICHEL »

En cette belle journée de juillet 1983, tandis que quelques adeptes du « bronzing » se dorent au soleil, la marée montante commence son offensive dans la baie du Mont-Saint-Michel. A certains endroits, la vitesse de l'eau atteint, dit-on, celle d'un cheval au galop, effaçant un par un les bancs de sable avant de s'engouffrer dans les rivières environnantes.

C'est à ce moment-là que l'attention de l'observatrice de la vigie Vauban est la plus grande. Il est 16 heures quand, scrutant aux jumelles les longues étendues de sable, elle aperçoit, à proximité de l'îlot de Tombelaine [1], trois personnes non loin du flot qui progresse.

L'alerte est aussitôt transmise à la base hélicoptère de la Sécurité civile de Granville où l'équipage de permanence, qui connaît bien le caractère urgent des interventions dans la baie, décolle avec l'Alouette III, « plein badin » vers la mer.

Au loin, on distingue l'abbaye du Mont-Saint-Michel qui détache sa flèche sur un horizon de sable et d'eau. La mer déferle déjà sur les rochers de la face nord de Tombe-

---

**1. Tombelaine : îlot rocheux isolé dans la baie, à quelques kilomètres du Mont-Saint-Michel.**

laine. Quarante mètres plus loin, l'équipage repère deux personnes nues, résignées ou inconscientes du danger...

L'Alouette se pose au plus près d'eux. Et on leur fait signe de monter à bord. Il s'agit d'un jeune couple de naturistes sauvages venu là sans doute pour rêver loin des regards indiscrets mais ignorant les risques de la marée.

L'hélicoptère s'apprête à redécoller quand surgit, droit devant, une autre personne descendant des rochers de Tombelaine. Rapidement, elle rejoint à son tour l'Alouette et, sans se faire prier, s'installe à côté du jeune couple dénudé. Mais qu'elle n'est pas la surprise de l'équipage Dagorn-Jamin de reconnaître en ce nouveau passager un prêtre de la région.

C'est le sourire en coin que le mécanicien du bord aide les trois brebis égarées à se sangler un peu à l'étroit à l'arrière de la cabine. Les deux jeunes gens cherchent en vain à dissimuler leur nudité mais les feuilles de vigne n'existent pas dans la baie du Mont-Saint-Michel et, en tout cas, elles ne font pas partie du lot de bord réglementaire !

En toute hâte, l'hélico décolle avant que la première vague n'atteigne le point d'atterrissage. Le vol de retour se passe sans commentaire ; d'ailleurs, cela aide grandement l'équipage à garder son sérieux et à retenir une hilarité légitime... Quant aux trois rescapés de la marée, leurs regards s'évitent et ont tendance à se perdre vers l'extérieur plutôt qu'à se croiser, même incidemment.

Quelques instants plus tard, après un bond de trois kilomètres environ, c'est sous le regard — qu'on soupçonne étonné — de l'archange saint Michel surplombant l'abbaye, que l'Alouette III dépose l'hétéroclite fardeau au pied des remparts. Là, Adam, Eve et l'homme de Dieu se retrouvent comme en terre promise...

Par la suite, les deux « anges gardiens » de la base hélicoptère de la Sécurité civile recevront les remerciements de « leur curé » qui leur écrira :

« Ça fait un drôle d'effet de se sentir talonné par la mer ; heureusement que vous étiez là. Un très grand merci et à une autre fois mais en d'autres circonstances... »

34

# EBOULEMENT DANS LES DRUS

Au coucher du soleil, elles s'offrent, ces aiguilles, majestueuses et resplendissantes, à l'admiration des dizaines de milliers de touristes en visite chaque année dans la vallée de Chamonix : à plus de 3 700 mètres d'altitude, c'est un décor fabuleux convoité par les meilleurs alpinistes du monde. On les appelle les Drus.

Depuis plusieurs jours déjà, l'hélicoptère de la Sécurité civile a quitté la base d'Annecy-Meythet pour s'installer sur la DZ [1] des Bois, en amont de Chamonix, afin de veiller à la sécurité des montagnards durant la saison d'été. En ce mois de juillet 1983, c'est l'équipage Michel Durand et Francis Delafosse qui assure la permanence auprès de l'Alouette III rouge du Secours en Montagne.

* * *

Ce jour-là, après plusieurs interventions de routine effectuées dans la matinée et un déjeuner frugal pris sur place, les deux hommes s'apprêtent à passer un moment de

1. DZ (Droping Zone) : point de poser pour hélicoptère.

détente au calme tout en discutant au soleil, sur un banc, avec quelques amis. Soudain, comme un coup de tonnerre, un bruit assourdissant résonne dans la montagne... Tout le monde sursaute, stupéfait, en voyant, droit devant, un énorme nuage de poussière cacher en partie le paysage.

— Je n'ai jamais vu ça..., s'écrie un vieux bûcheron savoyard.

Le calme revient peu à peu mais le nuage de poussière est très long à se dissiper. A peine revenu de ses émotions, l'équipage de l'hélico comprend qu'une mission importante l'attend.

Le P.G.H.M. [2] est déjà averti : le secteur éboulé est souvent fréquenté par de nombreux alpinistes. Une première reconnaissance s'impose. L'hélicoptère vrombit puis décolle : que va-t-il retrouver là-haut après un tel bouleversement ?

L'appareil prend de l'altitude en direction des immenses parois des Drus, puis ne devient qu'un petit point rouge à la vue des nombreux spectateurs accourus sur place.

L'Alouette III arrive rapidement sur les lieux de l'éboulement : tout paraît plus calme mais d'énormes blocs rocheux sont venus moucheter en contrebas le tapis neigeux. Prudence oblige : l'appareil n'approchera pas davantage, des chutes de pierres consécutives à l'éboulement sont toujours possibles.

Tout à coup, l'équipage aperçoit deux hommes : minuscules dans l'immensité, debout côte à côte, le dos à la paroi, ils ne paraissent pas esquisser le moindre geste de détresse.

La reconnaissance héliportée du secteur continue mais ne donne aucun autre résultat.

— Nous reviendrons plus tard, dit le pilote. Et nous verrons bien alors si ces deux alpinistes poursuivent normalement leur ascension.

2. Peloton de Gendarmerie de Haute Montagne.

L'hélicoptère redescend dans la vallée et se pose à la DZ. Le P.G.H.M. est prévenu du compte rendu de la mission.

Il est 16 h 30. Une nouvelle reconnaissance est effectuée. Les deux alpinistes sont à nouveau repérés : leur position n'a pas changé. Il est plausible de comprendre que ces deux hommes, choqués par l'événement naturel auquel ils viennent d'assister aux toutes premières loges, désirent, au minimum, rebrousser chemin. On décide donc de suivre la descente de la cordée par des vols à intervalles réguliers.

Mais vers 18 h 30, alors que l'hélico rouge est une fois de plus sur le secteur, on constate que les deux alpinistes sont toujours à la même place. L'un d'eux est allongé sous une couverture isothermique. Il n'y a plus de doute possible : il se passe quelque chose et, malgré l'absence de tout signal de détresse, ces hommes ont certainement des ennuis. Il faut prendre la décision de treuiller un secouriste à leur proximité.

De l'avis d'un ancien guide de Chamonix, toute nouvelle chute de pierres semble improbable. La montagne s'est « purgée ». Mais si peu de temps après un éboulement d'une telle importance, comment en être vraiment certain ?

19 h 25 : trois sauveteurs guides du P.G.H.M. montent à bord de l'Alouette. Deux d'entre eux faisant office de guetteurs seront mis en place sur le glacier avoisinant afin de prévenir par radio en cas de chutes de pierres : les gendarmes Duret et Medici sont déposés, munis de jumelles et de postes de radio, afin d'assurer cette importante mission. Un seul guide reste à bord : le gendarme Pouzet qui est déjà suspendu au bout du treuil avant même que l'appareil n'approche de la paroi avec mille précautions.

De l'hélico, à présent, on aperçoit plus nettement les

deux alpinistes. A une quinzaine de mètres au-dessous d'eux, une vire semble providentielle pour y déposer le sauveteur. Celui-ci descend lentement. Le câble du treuil est déroulé sur toute sa longueur disponible. Un mouvement de ballant permet au guide de prendre pied sur une dalle rocheuse. Il se décroche et sans tarder l'Alouette s'éloigne de la paroi en « piquant » dans le vide vers la vallée.

Il était temps : au même moment, une avalanche de cailloux dévale à cet endroit sur le gendarme Pouzet qui est blessé à l'épaule gauche.

Resté à l'abri sous une niche près de son camarade blessé, l'un des alpinistes a compris la situation : il jette une corde au sauveteur qui, malgré sa douleur à l'épaule, parvient à les rejoindre et transmet aussitôt l'état de la cordée.

L'alpiniste allongé sous sa couverture souffre d'un traumatisme crânien. Son casque est complètement déchiqueté. Il s'agit d'un guide privé qui effectuait une ascension avec son client. Tous deux ont assisté à l'éboulement. Ils ont pu se mettre à l'abri mais sans pouvoir éviter auparavant d'être touchés par des pierres. Ils sont restés un long moment sous le choc avant de réaliser ce qui leur arrivait.

Le gendarme Pouzet entreprend de redescendre la cordée accidentée sur la vire située quinze mètres plus bas : ce n'est qu'à cet endroit que l'hélico pourra les récupérer.

Des pierres, çà et là, tombent toujours sans discontinuer. A la radio, le gendarme sauveteur s'écrie :

— Surtout ne revenez pas tout de suite : ça dégringole de partout...

Conscient des risques encourus, le pilote de l'Alouette rouge explique la situation à la base hélicoptère de la Gendarmerie nationale de Megève. On décide alors que l'Alouette bleue de la Gendarmerie participera en renfort à cette mission : deux hélicos pour soustraire les trois hommes à la paroi offriront plus de chances de réussite et plus de sécurité. L'un tentera à nouveau le treuillage, l'autre veillera en retrait pour le prévenir si les chutes de pierres recommencent.

En patrouille, voici donc les deux appareils sur les lieux. Le câble de quarante mètres de l'hélico bleu descend vers les alpinistes. Mais brusquement, d'un cri, on donne l'alerte de l'autre Alouette. Un énorme rocher se détache. Sans attendre la remontée du câble, l'appareil bleu s'écarte « plein badin » de la paroi, traînant derrière lui à l'horizontale les quarante mètres de filin d'acier...

Les hélicoptères reviennent se poser sur la DZ. Là, l'équipage Lebon-Courbaron de la Gendarmerie se rend compte qu'il est impossible d'effectuer à nouveau une tentative de sauvetage par les airs.

Il est maintenant 20 h 30. Une caravane terrestre est constituée et va essayer d'atteindre les trois hommes. Mais cette opération échouera, elle aussi.

Là-haut l'inquiétude est grande chez les prisonniers de la montagne qui vont devoir passer la nuit accrochés à la paroi. Un bivouac, inconfortable comme on l'imagine, est préparé. Le gendarme Pouzet recouvre le blessé de son propre équipement et l'installe le mieux possible. L'autre alpiniste prend place sur une vire juste au-dessus d'eux.

La nuit se passe, silencieuse. Les chutes de pierres se font moins fréquentes : sous l'effet du gel, les cailloux branlants ont dû se souder.

4 h 30 : le jour pointe lentement. Les trois hommes transis s'apprêtent pour leur évacuation : ils en sont sûrs, les hélicos vont revenir sans tarder. L'alpiniste blessé a tenu le coup mais sa récupération devient urgente : une nouvelle attente risque de lui être fatale. Auprès de lui, le gendarme en est bien conscient et il demande par radio au P.G.H.M.

l intervention immédiate des moyens aériens. Contre la paroi, des pierres recommencent à claquer.

Sur la DZ, à bord de l'hélico de la Sécurité civile, c'est l'équipage René Romet-Noël Rivière qui prend la relève. Avec eux, l'Alouette de la Gendarmerie décolle également.

Au pied de la face nord des Drus, une cordée de sauveteurs est déposée au passage, prête à entreprendre l'escalade au cas où un nouvel hélitreuillage échouerait.

Non sans risques, l'hélicoptère rouge tente de s'approcher à la verticale des trois hommes. La manœuvre réussit et un treuillage précis de « Nono » Rivière, le mécanicien, permet enfin de hisser le blessé.

Dans la foulée, si l'on peut dire, l'hélicoptère bleu parvient à récupérer le second alpiniste ainsi que leur « ange gardien », le gendarme Pouzet [3].

5 h 30 : l'opération est terminée. Les équipages ont bien mérité à présent de se reposer un peu. Le blessé, lui, est immédiatement transporté à l'hôpital de Chamonix. Mais son état est tellement grave qu'il sera transféré plus tard au Centre hospitalier de Grenoble où il se remettra petit à petit de sa dramatique aventure.

Cette opération de sauvetage particulièrement périlleuse et qui a eu un grand retentissement dans la vallée de Chamonix a fortement contribué à mettre en valeur la qualité des techniciens de l'hélicoptère et celle des secouristes. De même que leur sang-froid et leur courage. Une fois de plus, les équipages de la Sécurité civile et de la Gendarmerie nationale ont travaillé en parfaite entente, soucieux d'un même but : ramener vivants les accidentés des cimes.

Cette opération a également mis en évidence les dangers auxquels s'exposent les membres du Secours en montagne.

3. Le gendarme Pouzet sera distingué pour cette mission qu'il mena à bien en dépit de sa blessure.

## 35

## QUAND LA NIVELLE N'EST PLUS A NIVEAU

Fin août 1983 : des pluies torrentielles s'abattent de part et d'autre de la frontière espagnole. En France, c'est dans la région de Bayonne que les dégâts sont les plus importants.

A Saint-Pée-sur-Nivelle, le petit lac, situé à une centaine de mètres d'altitude et à une quinzaine de kilomètres de la côte, déborde soudainement, provoquant une désastreuse inondation dans toute la vallée avoisinante. On compte déjà une dizaine de disparus et de nombreux sinistrés.

La préfecture des Pyrénées-Atlantiques déclenche le plan O.R.S.E.C. L'hélicoptère de la base Sécurité civile de Bordeaux-Mérignac, qui stationne à Lacanau-Océan pour la saison estivale, est appelé sur les lieux. Il décolle précipitamment. A son bord, l'équipage Vovan-Loret met le cap sur Bayonne et atterrit au Centre de Secours afin d'y enregistrer les consignes. Les premiers secours ont lieu dans la région de Bidart.

Un sapeur-pompier plongeur grimpe dans l'Alouette III. La météo, désastreuse ce jour-là, comme on l'imagine, oblige l'hélico à voler à très basse altitude. La navigation est, de ce fait, assez aléatoire. D'ailleurs, un message radio, très brouillé, en provenance du poste de commandement de Bayonne, le déroute d'urgence de l'itinéraire convenu vers la vallée de la Nivelle, aux alentours du village d'Ascain.

Sur les lieux, un hélicoptère de la Gendarmerie nationale est déjà posé, apparemment en ravitaillement de kérosène : depuis 9 heures du matin, il opère dans la région sinistrée.

Les deux « Alouette » se rejoignent en patrouille puis atterrissent près du lac de Saint-Pée. Les deux sauveteurs-treuillistes descendent de leur appareil, se concertent et décident de parer à vue au plus urgent, c'est-à-dire de porter secours à toute personne isolée en difficulté quel que soit le secteur.

Les recherches prennent rapidement effet, avec l'aide de haut-parleurs, ce qui va permettre aux équipages de vérifier dans les meilleures conditions le degré de gravité des cas rencontrés. Mais cette tâche ne sera pas facilitée par... les signes d'amitié lancés, çà et là, par certains sinistrés déjà tirés d'affaire. Si bien qu'il n'est pas toujours aisé de faire la distinction entre ces manifestations de sympathie et les véritables appels de détresse.

Du ciel, on repère soudain une dizaine de personnes à l'abri sous les arbres : réfugiés sur les bas-côtés d'une route inondée et transformée en torrent, elles font comprendre qu'elles viennent d'être les témoins de la noyade de l'une d'entre elles emportée par le courant d'alluvions. Hélas, la victime a déjà disparu. L'intervention de l'hélicoptère n'est donc plus possible et il reprend sans tarder sa progression.

Un peu plus loin, l'un des équipages aperçoit un groupe de gens sur la terrasse d'une petite maison. A cet endroit, le niveau s'est stabilisé, l'eau est calme et des barques des sapeurs-pompiers vont pouvoir les sauver.

C'est alors que, de l'appareil de la Gendarmerie, on signale qu'une maison se trouve tout à fait isolée au milieu de flots plus tourmentés. Les habitants se sont réfugiés sur le balcon et commencent à paniquer en voyant la montée des eaux. Leur sauvetage rapide est impératif mais la proximité d'arbres et de lignes à haute tension ne va pas faciliter l'intervention des hélicoptères. Le maintien en vol stationnaire se fera d'autant plus délicatement qu'à la cheminée de la maison s'ajoute une antenne de télévision.

Le treuilliste descend le plongeur qui accroche à la sangle chaque personne à secourir. En tout, une quinzaine de ces sinistrés seront ainsi hissés et évacués sur une colline du voisinage. Tous, bien sûr, n'étaient pas les occupants de la maison : des voisins étaient accourus pour prêter main-forte, pour mettre sur cales les meubles et les appareils ménagers. La brusque montée des eaux avait pris au piège cette équipe improvisée de sauveteurs-déménageurs venue aider la maîtresse de maison, une grand-mère paisible vivant là avec ses deux petits chiens.

Plusieurs hélicoptères sont maintenant sur la zone sinistrée. Les conditions météorologiques ne s'étant guère améliorées, c'est bien souvent au dernier moment qu'ils évitent la collision.

Tous se retrouvent sur un petit parking aménagé pour le ravitaillement en carburant. C'est là que l'équipage de la Gendarmerie se pose à son tour. Les deux hommes racontent qu'ils viennent d'assister à un spectacle dramatique : ils ont suivi d'en haut une caravane charriée par les flots tumultueux et occupée par ses propriétaires, des parents et leurs enfants. Ils n'ont pu que constater, impuissants, l'engloutissement du véhicule, entraîné par le fort courant jusqu'au port de Saint-Jean-de-Luz. Les malheureuses victimes seront retrouvées noyées, encastrées sous l'un des nombreux bateaux échoués.

Pour l'hélico de la Sécurité Civile, cette opération de secours va prendre fin brusquement : l'équipage reçoit en effet l'ordre de rentrer immédiatement à sa base. La raison de cet ordre ? Un message technique urgent signale qu'une anomalie dans les composants mécaniques de l'appareil a été détectée lors des dernières analyses d'huile. Un des ensembles du rotor de queue doit être changé sans tarder. Il était grand temps que cette mission se termine.

## 36

## LE « TROISIÈME HOMME » DU « MIKADO »

Des vents de 50 nœuds (soit près de 90 km/h) dans les pertuis charentais ; des pointes de 111 km/h et 93 km/h à Socoa et Biarritz-Parme ; des rafales à 27 mètres/seconde près d'Arcachon : la tempête souffle à outrance sur toutes les côtes du Golfe de Gascogne.

Après l'avis de coup de vent diffusé par les services de la météo, il y a peu de mouvements de navires, sinon les rentrées des chalutiers vers leurs ports respectifs. Il en est un cependant qui, en ce 12 décembre 1983, fait route vers la Gironde. Il est parti de Royan avec trois hommes à bord, trois marins royannais chevronnés, durs au travail, ne lésinant pas sur le dernier coup de chalut même quand la mer fait des misères.

Il faut dire qu'avec le « Mikado », acheté d'occasion il y a tout juste deux mois en Bretagne, le nouveau patron de ce chalutier de 11 mètres utilise désormais un outil de travail plus important et plus rassurant que celui qu'il avait jusque-là.

Après s'être offert longuement à la mer démontée, sous un vent de force 8, il lance son premier appel de détresse à 9 h 45 alors qu'il n'est déjà plus qu'une coque de noix face aux éléments déchaînés.

Résignés à l'abandon du bateau, les trois marins-pêcheurs parviennent à décrocher le radeau de survie fixé sur la passerelle. Mais, très vite, le chalutier commence à couler sous l'assaut des gros paquets de mer qui s'engouffrent par l'arrière.

C'est infernal. Les trois hommes s'accrochent désespérément au radeau. Après de longues minutes d'effort, deux d'entre eux lâchent prise et disparaissent dans les flots. Le troisième, un diable d'homme, arrive à se maintenir, malgré l'eau glacée, pendant plus de trois heures. Mais bientôt, il ne sent plus ses mains et perd de sa volonté de survivre. A demi inconscient, il est sur le point de s'abandonner quand, soudain, venant de très loin, il perçoit le vrombissement bien caractéristique d'un hélicoptère : c'est celui de la base Sécurité civile de La Rochelle.

Il est 12 h 45 : l'équipage Germe-Derian, avec à bord deux plongeurs des sapeurs-pompiers, vient de repérer le radeau. Malgré des creux de cinq à sept mètres, l'un des plongeurs descend au câble du treuil et accroche le marin naufragé. Le mécanicien de bord le réceptionne dans la cabine. On constate alors que le rescapé est dans un état critique.

L'hélicoptère met immédiatement le cap sur l'hôpital de Royan où le marin est admis dans un état hypothermique alarmant (26°). Le médecin-chef du service de réanimation est formel :

— C'est grâce à sa résistance physique extraordinaire que le rescapé doit d'être encore en vie.

Il faut dire que cet homme vient de subir son troisième naufrage en vingt ans de carrière. Au mois de septembre 1974, il avait tenu pendant soixante-douze heures agrippé à un morceau de bois, au large de Montalivet. Mais cette fois, sans l'intervention « in extremis » de l'Alouette III rouge, il aurait bel et bien pris la mer pour la dernière fois...

Vers 14 h 30, les premiers débris du bateau seront découverts à un mille au nord-ouest de la pointe de la Négade. Malheureusement, les deux marins, auprès desquels le « troisième homme » du « Mikado » avait lutté durant plus d'une heure, seront à jamais portés disparus.

## 37

## UN MIRACLE QUI MÈNE A LOURDES...

En août 1983, dans les Pyrénées, on a frôlé la catastrophe. Emmenés en montagne par des accompagnateurs imprudents, des enfants d'une colonie de vacances, ignorant tout de la randonnée en altitude et de surcroît mal équipés, s'égarent et s'aventurent dans un couloir rocheux. Deux d'entre eux font une chute : une fille souffre d'un traumatisme crânien, un garçon de fractures multiples des membres. Les autres, paralysés par la peur, s'accrochent désespérément à la pente pour ne pas dévisser à leur tour.

L'alerte donnée, l'Alouette III de la base Sécurité civile de Pau-Uzein (équipage Claude Clochard-Daniel Rouquette) décolle de l'hélisurface de Gavarnie et met le cap sur les lieux. Mais au cours du sauvetage et alors qu'un secouriste que l'on est en train de treuiller est pendu au câble sous l'appareil, une chute de pierres bombarde et endommage sérieusement l'hélicoptère.

Le pilote Claude Clochard nous fait le récit de cette mission qui faillit tourner au drame

* * *

« Jeudi 11 août 1983 dans l'après-midi : nous sommes basés à Gavarnie pour assurer la permanence du Secours en Montagne. La météo n'est pas fameuse : il pleut et des stratus s'accrochent çà et là à la montagne. La soirée devrait être calme : il fait un temps à ne pas mettre le nez dehors.

« Vers 16 h 30, nous allons chez Jeannette boire un thé. Jeannette, c'est une pâtisserie qui se trouve à 200 mètres du poste de secours et où nous avons l'habitude de nous retrouver pour prendre les dernières nouvelles du pays. Mais en cours de route, nous rencontrons Léo Lareng, le chef du poste, C.R.S. et guide de haute montagne, qui remonte en courant et nous lance :

— Nous avons un secours au cirque d'Estaubé : des gamins d'une colonie de vacances sont coincés dans une paroi. C'est tout ce qu'on sait pour l'instant. Vu le brouillard, on va partir à pied car je ne pense pas que vous allez pouvoir voler.

— Oui, ça ne doit pas être facile. Mais si tu veux, pendant que l'équipe de secours se prépare, on peut faire un essai avec le docteur Théas et toi. Si on pouvait passer, ça ferait gagner du temps.

« Le cirque d'Estaubé, entre ceux de Gavarnie et de Troumouze, est tout proche : c'est la première vallée à l'est et il y en a pour dix minutes de vol si le temps le permet. Nous décollons donc à 16 h 40 avec le mécanicien Daniel Rouquette, le toubib et le chef de poste. D'épaisses couches de nuages nous barrent l'accès : par dessous, nous ne pourrons pas y arriver. Je me glisse entre deux couches de stratus en assurant mes arrières au cas où ça se boucherait. Nous apercevons à présent le barrage des Gloriettes qui balise l'entrée de la cuvette. Je continue : ça devrait marcher.

« Subitement, telle une toile, la couche se déchire et nous nous retrouvons comme dans une clairière. Nous sommes sur les lieux d'intervention. Tout autour, des nuages qui n'arrêtent pas de se former et de se disloquer. Je connais bien le coin : on peut facilement se poser au fond de cette cuvette bordée d'un sentier qui ramène vers la vallée en passant par le barrage, lequel est accessible en voiture. Même si le temps se gâte un peu plus, on pourra y mettre la machine en sûreté.

« Première reconnaissance sur les flancs de la cuvette en suivant l'itinéraire normal qui conduit au cirque : en dépit d'un aller et retour, nous ne trouvons rien. Où diable sont-ils donc passés ces gamins ? On n'ose imaginer qu'ils se soient engagés dans un endroit impossible.

« Le temps presse car voilà que la météo se dégrade. Nous reprenons de l'altitude et nous décidons d'inspecter les crêtes et les arêtes. Au cas où...

« Brusquement, vers 2 700 mètres d'altitude, nous apercevons quelqu'un qui agite un vêtement. Nous nous approchons. Eh ! bien si : ils sont là nos gamins, dans ces arêtes impossibles, coincés dans un couloir herbeux et rocailleux qui conduit tout droit à un entonnoir se terminant par une barre verticale d'une centaine de mètres suivie d'un pierrier...

« Nous comprenons vite que leur situation est grave. Deux des enfants sont tombés sur le pierrier et gisent inanimés. Un autre est accroché par son sac à dos dans l'entonnoir, prêt à dévisser. Trois autres encore sont au-dessus, collés à la paroi, apeurés, n'osant plus faire un geste.

« Le plus urgent, c'est de treuiller celui qui n'est plus retenu que par son sac. Nous déposons immédiatement le médecin sur le pierrier près des deux blessés et nous revenons nous mettre en position de treuillage comme nous le faisons si souvent au cours des opérations de sauvetage. Nous allons descendre le brigadier Léo Lareng avec son matériel près de l'enfant afin de le sortir au plus vite de sa position instable. Guidé par Rouquette, je mets l'Alouette en stationnaire à l'entrée du goulet et je prends mes points de repère en bout de pales car la paroi est là, toute proche. Léo descend. Tout va bien : dans deux ou trois minutes, ce sera fini.

« Mais tout à coup, un bruit terrible... Comme un coup de tonnerre ! Un choc dans les commandes et une pluie de cailloux traverse la bulle... L'hélico s'enfonce brutalement et touche la paroi. Une fraction de seconde, je m'interroge : qu'est-il arrivé ? Comment ai-je pu toucher ? J'étais loin. Qu'est-ce qui a cassé ?

« L'appareil devient difficilement contrôlable et gigote comme une bête blessée. Nous sommes à 300 mètres au-dessus d'une première cuvette. Plus bas, à environ 1 000 mètres de là, la grande cuvette herbeuse que je ne pourrai pas atteindre... Comment allons-nous tomber ? Sur le dos, à plat ou la queue de l'Alouette la première ?

« Pas un instant je ne pense à la mort. Mais on va se faire mal, ça oui !

« Tout cela va vite, très vite. Juste le temps de constater que la machine tient et qu'elle n'a pas explosé. Je dégage de la paroi par une translation latérale et arrière. Nous sommes durement ballottés. Le siège du mécanicien a été arraché...

« La descente est interminable. Daniel et moi n'échangeons pas un mot. Et le pauvre Léo qui est suspendu là-dessous ? Pas question, bien sûr, de cisailler le câble à la commande électrique : ce serait l'envoyer à une mort certaine. Il faut absolument atteindre cette plaque de neige, là-bas, dans la cuvette. Et vite !

« Heureusement pour nous, il n'y a plus beaucoup de carburant à bord. Allégé, l'hélico descend avec un taux de chute quasi normal de 200 à 300 m/mn. Je me crispe sur les commandes mais cette plaque de neige, je ne l'aurai pas. L'appareil nous entraîne vers un énorme tas de rochers et d'éboulis. Tant pis : là au moins, on ne glissera pas plus loin. Mais nous allons tout casser !

« A l'approche du sol, j'effectue un plané en tirant à fond le pas général. Et j'entends les pales du rotor de queue exploser... L'hélico va sûrement se renverser. Mais, ô chance ! il reste à plat et on se pose. Il est 17 h 05. Je tire le coupe-feu et j'enlève tous les contacts en poussant un soupir de soulagement. Puis je glisse un œil du côté du mécanicien : il est bien là lui aussi... Daniel se tient aux montants de la machine, un peu sonné.

« Je lui demande :

— Et Léo ?

— Je l'ai treuillé là-haut, me répond-il.

— Tu te souviens que tu n'avais pas fini ?

— C'est vrai : il était à trois mètres sous l'hélico...

« A ce moment précis, comme dans un gag de film comique, une tête émerge brusquement sous la cabine et crie :

— On a pris des cailloux dans le rotor !

« Par la suite, les enfants bloqués dans la paroi le confirmeront : ils ont vu les pierres dévaler la pente et heurter le rotor sur l'arrière gauche. Certaines avaient une quarantaine de centimètres de diamètre.

« Malgré tout, nous sommes tous les trois là, sans une égratignure. Même notre Alouette n'a pas trop mauvaise mine. La roue droite repose sur une dalle, le panier à gauche est coincé sur un rocher.

« Sans prendre le temps de se remettre de ses émotions de funambule, Léo interpelle les gamins :

— Ne bougez pas, ne bougez pas, je viens.

« Par radio, nous informons le poste de Gavarnie de notre accident. En bas, les secours terrestres s'organisent aussitôt. Le mauvais temps revient et la cuvette se ferme, si bien que l'hélico de la Gendarmerie appelé en renfort ne peut pas intervenir. Ce sont donc des équipes au sol — une vingtaine de C.R.S. et deux gendarmes ainsi que deux médecins — qui rejoindront les enfants, les jeunes blessés étant mis à l'abri pour un bivouac nocturne dans la cabine de l'Alouette accidentée. Toute la nuit ils entendront les pierres « parpinner », comme l'on dit dans notre jargon. Le lendemain, ils seront évacués sur l'hôpital de Tarbes d'où ils sortiront, guéris, quelques semaines plus tard.

« Ce soir-là, avec Rouquette, nous entreprenons la descente à pied vers la vallée, ne voulant pas être une charge supplémentaire pour les secouristes. Nous sommes heureux, évidemment, de nous être bien tirés de l'accident mais quand même déçus de n'avoir pu mener à bien notre mission. Pendant cette descente, Rouquette a parfois du mal à trouver son souffle et, de temps en temps, il fait une pause sur les rochers. Les dernières heures ont été rudes pour lui. A plusieurs reprises, alors que la porte latérale gauche était restée ouverte pour le treuillage de Léo, il avait failli être éjecté de l'Alouette.

« Au poste de Gavarnie, tout le monde nous attendait et les discussions allaient bon train sur notre accident. Nous avons arrosé comme il se doit notre heureux retour. Et puis nous avons fait une promesse : aller faire brûler un cierge à Lourdes ! »

* * *

Il y avait de quoi : que l'hélicoptère ne se soit pas écrasé tenait du miracle. L'Alouette III avait vaillamment supporté le choc : les pales du rotor arrière étaient gravement endommagées de même que certaines parties du train d'atterrissage ; la bulle était cassée et l'une des pales du rotor principal était amputée d'un bon mètre...

C'est un gros hélicoptère militaire, un « Puma », qui viendra récupérer l'Alouette III en montagne et l'enlever à l'élingue. Puis l'appareil accidenté sera transporté à la base parisienne de la Sécurité civile, à Issy-les-Moulineaux, pour y être remis en état de vol.

## 38

## UNE SOIRÉE BIEN CHARGÉE

La France est le premier pays exportateur de planches à voile. Chez nous, nombreux sont les adeptes de ce sport qui pratiquent sur les côtes et sur les plans d'eau intérieurs de l'hexagone. Mais trop souvent, novices ou mal informés, des véliplanchistes imprudents font intervenir les personnels et les organismes chargés de la sécurité. Ce type de secours entre pour une part dans le cadre des missions des bases de mer, notamment celle du Havre.

En cette fin de journée du 5 juin 1983, les conditions météo se détériorent brutalement. La pluie et un vent de 40 à 50 kts (un kt = 1,852 km/h) balaient la baie de Seine.

A 17 h 30, le C.R.O.S.S.Ma. de Jobourg (Centre régional opérationnel de Surveillance et de Secours en Manche-Mer du Nord), qui réceptionne les appels de détresse concernant les secours en mer, appelle la base du Havre : un véliplanchiste a été emporté par le courant et il est isolé.

Deux plongeurs des sapeurs-pompiers prennent place à bord de l'Alouette III. Très rapidement, l'équipage de la Sécurité civile Calvet-Fery localise le naufragé, largue les plongeurs et guide le bateau des pompiers sur la zone car il lui faut rechercher un autre homme en perdition au large du cap de la Hève : exténué, il est à califourchon sur sa planche.

On le treuille et on l'amène sur la plage où l'équipe d'une ambulance de réanimation le prend en charge.

Il est 18 heures : l'équipage s'apprête à rentrer à la base quand on le demande pour une nouvelle intervention dans le secteur et pour la même raison.

Vers 19 h 15, la série continue : sans avoir terminé la mission précédente, l'hélicoptère est requis par le C.R.O.S.S.Ma. pour porter secours à un nageur en difficulté près d'Etretat. Le vent se fait de plus en plus violent et la pluie réduit considérablement la visibilité. Malgré ces conditions de vol pénibles, et après un complément de plein de carburant, l'appareil met le cap sur Etretat.

Arrivé sur place, l'équipage aperçoit un homme agrippé sur un promontoire rocheux au pied de la falaise. Il est adossé à la paroi, les bras écartés, attendant un éventuel secours.

L'Alouette se positionne face à lui, le plus près possible. mais ne peut s'approcher davantage. Les fortes rafales de vent empêchent tout vol en stationnaire au ras de la falaise.

Le mécanicien d'équipage dépose un plongeur au treuil tout près de l'homme en perdition. Le sauveteur parvient jusqu'à lui et le persuade de se jeter à la mer au passage d'une vague descendante. Plus loin, ils seront tous les deux récupérés par l'hélicoptère grâce à la sangle de sauvetage.

Cette opération réussie. l'Alouette met le cap sur sa base, non sans sauver au passage le propriétaire d'un voilier a la dérive au large du port.

C'est vers 22 heures que la journée se termine et que toute l'équipe goûte enfin un repos mérité après ces cinq sauvetages en moins de quatre heures de vol bien amorties...

## 39

# UN HÉLITREUILLAGE « A BOUT DE SOUFFLE »

Le secours en montagne bat son plein en cette chaude journée du 3 août 1984. L'équipage Michel Durand-Francis Delafosse a déjà effectué cinq sauvetages depuis le petit matin. Dans l'après-midi, une nouvelle alerte est donnée par téléphone depuis le téléphérique du Plan de l'Aiguille : jambe bloquée dans une faille, une jeune femme alpiniste est en difficulté à quelques mètres seulement du sommet du piton rocheux du Grépon (3 482 mètres) qui domine la vallée de Chamonix.

Il arrive hélas trop souvent que des alpinistes se blessent ou se tuent en cours d'escalade. Mais une jambe coincée dans une faille, la chose est assez rare.

L'hélicoptère rouge décolle avec à son bord les habituels guides-sauveteurs du P.G.H.M. (Peloton de Gendarmerie de Haute Montagne). Cette fois, leur matériel de secours se complète d'un assortiment plutôt inattendu : marteau, burin, masse, graisse, huile... Malgré tout cela, ils tenteront en vain de dégager la jambe de la jeune femme.

Voilà plus de deux heures que l'alpiniste est là, en attente, prisonnière de la pierre, guettant elle aussi les nuages de plus en plus menaçants. Une nouvelle stratégie est alors envisagée. Il s'agit de déposer auprès d'elle un médecin qui essaiera de dégager la jambe du rocher après une anesthésie locale. Si cette manœuvre échoue, on pourra dès lors craindre le pire. En effet, dans moins d'une heure le mauvais temps recouvrira la montagne. Il faut absolument en finir au plus tôt.

Deux par deux, plusieurs sauveteurs sont déposés sur le sommet. Maintenant c'est le tour du jeune médecin du P.G.H.M. Encordé, il est descendu plus bas, au niveau de l'alpiniste. Il parvient à lui administrer le produit anesthésiant et la jambe peut être libérée, non sans mal, de son emprise.

Légèrement choquée, la jeune personne est hissée au sommet où tout le monde pourra se faire évacuer par hélitreuillage.

Francis Delafosse, qui a participé à cette mission, nous raconte.

* * *

« A ma droite, le pilote Michel Durand n'aperçoit que le vide. Il n'a aucun repère pour maintenir l'Alouette III en parfait stationnaire. De mon côté, j'ai en vue le sommet du Grépon : une terrasse exiguë où je ne pense pas que l'on puisse déposer plus de dix personnes.

« Je descends le câble au bout duquel s'accroche cette fois notre tout jeune médecin. Quel courage il a, lui qui pratique depuis peu la montagne. Il faut dire qu'il a la foi, ce petit-là... D'ailleurs j'ai appris plus tard qu'il allait entrer dans les ordres, pour soigner les âmes après avoir pris soin des corps...

« Je vois très bien le sommet du rocher, seule référence possible. Sans arrêt, il me faut la communiquer à Michel, mes deux yeux et ses deux bras pour la même cause. L'osmose parfaite, au moins le temps d'un treuillage :

— A gauche, plus encore... Sur moi encore... Attention, tu descends...

« Michel rectifie sans cesse la position de l'appareil en actionnant les trois commandes avec sa dextérité habituelle.

« Soudain, j'ai l'impression que le treuil ne fonctionne plus. Une panne maintenant, ce n'est pas possible ! Je laisse échapper quelques jurons de mécontentement, le regard braqué sur le guide-sauveteur qui vient de se sangler. Il faut le remonter à bord mais il reste immobile, ses pieds décollant à peine du rocher.

« Pourtant, le treuil, lui, n'y est pour rien : il fonctionne correctement. C'est un vent rabattant qui, en un instant, place l'Alouette III en limite de puissance et le poids supplémentaire du guide accroché au bout du câble la fait descendre au fur et à mesure de son enroulement. Il me faut quelques secondes pour réagir à ce phénomène dangereux et très vite je demande à Michel de monter encore. Il tire le manche collectif au maximum, l'hélico évite de justesse la plate-forme et remonte un peu. Le sauveteur arrive maintenant au niveau de la cabine et l'Alouette dégage dans le vide avant qu'il ne soit tout à fait installé à bord.

« Ah ! comme il est bon d'écouter parfois les anciens... En effet, si j'ai pu me rendre compte à temps du danger encouru au cours de cette manœuvre, c'est que je me suis souvenu d'une vieille histoire racontée, il y a dix ans déjà, par mes collègues de la côte atlantique.

« A cette époque, certains se remémoraient le temps où ils disposaient pour le secours en mer d'un hélicoptère du type Bell J3 dont le moteur à pistons ne fournissait par grosses chaleurs que très peu de puissance. Bien souvent, en pleine période d'été, lorsqu'il leur fallait treuiller des noyés, le J3 avait bien grand peine à les hisser hors de l'eau et c'est l'appareil lui-même qui avait tendance à descendre jusqu'au ras des flots, provoquant ainsi l'étonnement — voire l'hilarité — chez les spectateurs vacanciers...

« C'est donc en pleine connaissance de ce phénomène que j'ai compris, à quelques mètres seulement de la plateforme du Grépon, le danger ainsi évité. Il faut dire aussi que la statue métallique de la Vierge, qui a été scellée sur ce sommet il y a plusieurs années déjà, n'a pas cessé un seul instant de veiller sur nous... Ce n'est certainement pas notre médecin apprenti-curé qui me contredira ! »

* * *

A son arrivée à l'hôpital de Chamonix, la jeune alpiniste dira sa désolation d'avoir causé tant de soucis aux sauveteurs.

— Il y a longtemps que je pratique la montagne, ajoutera-t-elle. Je suis consciente des risques encourus par tous. C'est mon premier accident. J'ai eu très peur. Mais il faudra bien pourtant qu'un jour j'y retourne...

40

# QUE LA LUMIÈRE SOIT...

Changer une ampoule, même l'individu le moins bricoleur en est capable. L'opération prend toutefois une autre dimension lorsqu'elle se déroule à 45 mètres de hauteur et que ladite ampoule est, en fait, l'une des énormes lampes du stade de Gerland, à Lyon. Pour peu qu'un incident survienne, la manœuvre prend une bien vilaine tournure : bloqués plus d'une heure entre ciel et terre, deux électriciens n'ont été retirés de leur fâcheuse position que grâce aux efforts conjugués des sapeurs-pompiers et d'un équipage de la base hélicoptère de la Sécurité civile de Lyon-Bron.

Ce vendredi 14 décembre 1984, le pilote chef de base Jean-Pierre Leplus et le responsable mécanicien Patrick Paquier sont de permanence. La journée a été des plus calmes : pas la moindre petite sortie pour étancher leur soif de vol. Pourtant la météo, sans être au « temps de curé », est favorable. Ce type de journée est parfois le bienvenu en fin de mois quand il s'agit de faire « la paille » administrative rituelle. Mais en milieu de mois...

« Il est déjà 16 heures, raconte le pilote. Dans une heure, la nuit sera tombée. Nous nous résignons presque lorsqu'un message radio, assez laconique, échangé par les sapeurs-pompiers de Lyon et où il est question d'hélicoptère, attire mon attention. N'ayant pas la patience d'attendre une éventuelle réponse, je compose aussitôt le 18 afin d'avoir quelques lumières — sans anticipation aucune sur ce qui va suivre — auprès du capitaine de garde. Il m'apprend qu'à quelques heures du coup d'envoi de la rencontre de football devant opposer l'Olympique Lyonnais au F.C.A.S. Grenoble en championnat de France de deuxième division, deux ouvriers ont été chargés d'aller changer une lampe défectueuse au sommet du pylône sud-est du stade. A bord de la nacelle électrique, ils sont montés en haut du poteau et ont entrepris de se déplacer le long du « grill » lumineux. C'est à ce moment-là que l'incident est arrivé : la passerelle, large de cinquante centimètres environ, s'est bloquée dans une position dangereusement inclinée. Les deux hommes, coincés à 45 mètres du sol, ont vite compris que toute manœuvre était impossible et qu'ils étaient pris au piège. Occupé en bordure de la pelouse, un jardinier a entendu leurs appels au secours et a couru donner l'alerte.

« Bien entendu, je propose aussitôt nos services. Mais il est bien connu que l'on a souvent tort d'avoir raison trop tôt : on me fait comprendre qu'il ne faut pas que je m'impatiente.

« Un détachement d'une compagnie de sapeurs-pompiers est envoyé sur les lieux. Mais tout de suite une constatation s'impose : la grande échelle, avec ses 30 mètres de développement maximum, est trop courte. D'autres méthodes sont envisageables mais elles présentent de grands risques et paraissent impossibles à employer compte tenu de l'état des deux hommes, transis de froid et quelque peu paralysés par la peur.

« Le temps passe et la nuit menace de tomber avant qu'on puisse les tirer de là. Le directeur des secours doit prendre la décision, trois quarts d'heure plus tard, de faire appel à nos services. Nous avons enfin notre mission et peut-être le premier sauvetage de la jeune base de Lyon [1]. Sans nous élever au niveau de nos illustres devancières, nous allons devenir majeurs...

« Notre Alouette III en version sauvetage — alors que le plus souvent elle est en version sanitaire — se pose quelques minutes après au milieu du rond central de la pelouse de Gerland. Aucune clameur ne s'élève des tribunes : les gradins sont déserts. Après une analyse rapide mais précise de la situation, nous embarquons un sapeur-pompier. Notre plan est très simple. Nous allons déposer le sauveteur sur la passerelle au moyen du treuil. Il sanglera l'un après l'autre nos « Robinsons » du pylône afin que nous puissions les hisser à bord de l'hélicoptère. En dernier lieu, nous récupérerons le pompier.

« L'opération se déroule conformément à nos prévisions et quelques instants plus tard les deux électriciens sont accueillis sur la terre ferme par Madame l'adjointe au maire du VII$^{e}$ arrondissement de Lyon, venue sur les lieux. Visiblement, cette mésaventure les a impressionnés mais qui ne l'aurait été à leur place ?

— C'est surtout du froid dont nous avons souffert, explique l'un d'eux à sa descente de notre « Dragon 69 » [2].

« Certains pensaient pourtant qu'ils avaient eu chaud...

« Et la lumière fut... Ce soir-là, Lyon battait Grenoble par 2 à 0. Le Dauphinois que je suis ne put s'empêcher de se dire : si j'avais su... »

---

1. La base de Lyon-Bron, dernière en date de la Sécurité civile, a été créée en 1982.
2. Indicatif radio de l'hélicoptère.

41

# UN VERRE ÇA VA, TROIS BOUTEILLES BONJOUR...

Secourir des malades ou des accidentés du travail à bord des cargos, des chalutiers ou des voiliers de plaisance au moyen d'un hélicoptère n'est pas toujours une chose aisée. Cependant, les appareils de la Sécurité civile effectuent régulièrement ce genre d'interventions médicalisées, offrant ainsi aux marins un maximum de chances de survie. La dépose directe de médecins sur des navires par hélitreuillage ne se fait pas sans quelques risques mais la réussite de telles opérations est souvent salutaire pour les personnes ainsi secourues.

Le 29 février 1984, la base de Quimper reçoit un appel téléphonique du Centre de secours en mer : un marin-pêcheur a perdu connaissance à bord d'un chalutier qui se trouve à 15 minutes dans l'ouest de Penmarch. Le pilote de permanence contacte aussitôt le médecin spécialiste de ce type d'intervention. De son côté, le mécanicien jette un dernier coup d'œil sur la machine. Les deux hommes d'équipage, Marx et Clerquin, accompagnés du docteur Carcaillet, mettent bientôt le cap au large à bord de leur Alouette III.

Au cours du vol, des renseignements complémentaires sont demandés par radio V.H.F. marine : c'est le patron du chalutier qui serait étendu, inanimé, sur la passerelle. Mais il est très difficile d'obtenir des autres marins la position exacte du navire, de même que les indications utiles sur les circonstances de l'accident : on en comprendra plus tard les raisons.

C'est grâce à la solidarité unissant les gens de mer dans les coups durs que les recherches s'organisent entre les pêcheurs du même port. Très vite, le chalutier est situé avec plus de précision. Il est alors facile, pour l'hélicoptère, de se porter à la verticale du bâtiment.

Le mécanicien d'équipage prépare le médecin à l'hélitreuillage. Il lui faudra viser juste, la passerelle arrière du chalutier étant très exiguë. Il faudra aussi éviter les haubans au passage.

Par radio, le pilote demande que l'on tombe la bôme, ce mât horizontal, pour faciliter la dépose du médecin.

Un dernier coup d'œil au toubib :

— Ce sera un carreau, dit le pilote avant de le voir disparaître par la trappe de sauvetage, son sac de matériel d'urgence dans les bras.

Le mécanicien-treuilliste ajuste une dernière descente du câble et le docteur prend pied sur le chalutier parmi les cageots et les cordages, exactement à l'endroit prévu. Par la radio portative, il demande qu'on lui envoie la civière Piguillem ainsi qu'une bouteille d'oxygène.

L'appareil tourne autour du navire dans l'attente de nouvelles directives. Pour l'équipage, c'est un moment de décontraction.

En bas, sur la passerelle, le médecin se rend compte rapidement de l'état critique de son patient et décide de rester près de lui à bord du chalutier pour rejoindre le port. Sans ramener la victime, comme cela se fait habituellement, l'hélico fait demi-tour pour regagner sa base.

Après une bonne heure de navigation, le bateau touche

au port où une ambulance lourde du S.M.U.R. [1] de Quimper prend en charge le malade pour le conduire à l'hôpital Laennec. Ranimé de justesse grâce à toute cette chaîne de secours, le patron du chalutier sera tiré d'affaire après avoir... cuvé ses 3 grs 8 d'alcool par litre de sang au bout de 48 heures de repos forcé !

Renseignements pris, il n'est pas sorti de l'hôpital pour se précipiter chez lui mais plutôt pour s'engouffrer dans le premier bistrot venu, histoire de se remettre de ses émotions... L'administration des Affaires maritimes lui infligera une suspension de navigation de trois mois et l'obligation de suivre une cure de désintoxication. Quant à son chalutier, il reprendra la mer aussitôt avec un nouvel équipage plus soucieux de sa sécurité et de celle du navire.

1. S.M.U.R. · Service mobile d'Urgence et de Réanimation

## 42

## « UN DES MAILLONS DE LA CHAINE »

Vendredi 24 mai 1985 : sur le cahier d'ordres et de travail aérien, la base de Paris totalise vingt-trois missions depuis le début de la semaine. Deux hélicoptères y sont affectés — Dragon 751 et Dragon 752 — pour répondre aux demandes de secours ou d'assistance des organismes officiels. Ces deux aéronefs sont des Alouette III dont l'une, la F-ZBDC, sert à Paris depuis 1967.

La base est installée sur l'héliport d'Issy-lesMoulineaux, à Paris (15e). Sous l'autorité du préfet de Police, elle « couvre » de ce fait tout le S.G.A.P. de Paris (Secrétariat pour la gestion et l'administration de la Police) composé de quatre départements (Seine, Hauts-de-Seine, Seine-Saint-Denis et Val-de-Marne) où intervient, pour les secours, la Brigade des Sapeurs-Pompiers de Paris (B.S.P.P.). La base de Paris assure aussi des missions à la demande des divers services et organismes des départements entourant les quatre cités ci-dessus. Entre première et seconde zones d'intervention, le total ainsi couvert est de seize départements. Par services officiels, il faut comprendre : préfectures, forces de police, sapeurs-pompiers, SAMU, etc ; qui, eux, dépassent la dizaine.

Les secours médicaux sont « filtrés » par le médecin régulateur de la B.S.P.P. qui, « H 24 » (c'est-à-dire 24 h sur 24), peut contacter les équipages d'alerte et connaît la disponibilité opérationnelle de la base. C'est l'un de ces équipages qui nous fait à présent le récit de deux missions.

* * *

« A 18 h 30 ce 24 mai 1985, le médecin régulateur nous alerte. L'équipage présent à ce moment-là rentre d'une mission d'entraînement au largage de plongeurs du G.R.E.P. (Groupe de recherche et d'exploration des pompiers). Cet entraînement de maintien a eu lieu sur le plan d'eau du port de Gennevilliers, au Centre de secours fluvial de la B.S.P.P.

« L'hélicoptère est paré pour toute mission sanitaire. Le pilote s'informe au téléphone direct : il s'agit d'évacuer d'urgence vers le C.H.U. Pitié-Salpétrière, en neurochirurgie, un homme de 70 ans, pensionnaire d'une maison de retraite, renversé par une voiture sur un passage pour piétons à Crécy, en Seine-et-Marne.

« L'Alouette III se pose à 18 h 50 sur le stade de Crécy, une localité située à 20 km au sud de Meaux. Sur place, le SMUR de Meaux nous avise que le passager doit être dirigé vers l'hôpital de cette ville, le transport vers un centre spécialisé n'étant plus indiqué. A 19 heures, décollage à destination de Meaux que l'hélicoptère atteint six minutes plus tard avec son blessé. Le lendemain, une autre mission les conduisant de nouveau à Meaux, les membres de cet équipage s'enquièrent de la santé du passager « dérouté ». Réponse : « excellente ». C'était pour lui un jour avec !

« A 19 h 25, le blessé de Crécy étant déposé à Meaux, le Dragon 751 redécolle pour rejoindre sa base de Paris, à 20 minutes de vol. En l'air, à l'écoute de la « Fréquence

Santé » de la B.S.P.P., l'équipage prend connaissance d'un drame qui se déroule dans un Centre de secours des Sapeurs-Pompiers situé sur l'itinéraire du retour : un enfant de quatorze mois, fils du responsable de ce centre, est tombé dans un petit bassin d'agrément. Extrait de quelques centimètres d'eau, il est l'objet d'une réanimation sur place par les pompiers du centre qui réclament de toute urgence un moyen de transport médicalisé.

« Par radio, l'équipage de l'Alouette propose son concours au médecin régulateur, concours qui peut être immédiat : proposition pour un éventuel transfert urgent vers l'un des hôpitaux d'enfants, tous distants de plus de 20 km du lieu de détresse. Le médecin-chef adjoint de la B.S.P.P. « veille » la fréquence lui aussi : il appuie cette proposition et, toujours par radio, autorise l'intervention.

« A 19 h 40, l'hélicoptère atterrit dans le Centre de secours des Sapeurs-Pompiers. Grâce à une régulation bien synchronisée des secours, à l'efficacité des premiers soins du chef de centre pratiquant lui-même la réanimation sur son petit enfant, à la grande compétence du médecin-aspirant de l'ambulance de réanimation de Montreuil (A.R. Montreuil), sans oublier le personnel du centre, l'Alouette III redécolle à 20 h 15 pour l'hôpital Trousseau, à Paris, où le petit Renaud est attendu.

« L'hôpital Trousseau ne possède pas d'hélistation. L'atterrissage se fait au carrefour formé par le boulevard Soult et l'avenue de Saint-Mandé, en sécurité garantie par la police et les pompiers qui neutralisent le point de poser. Il est 20 h 30 : à bord cette fois de l'A.R.Masséna, Renaud rejoint l'hôpital distant de 200 mètres environ.

« Dans la région, les habitants sont habitués à de telles manœuvres. Lors d'opérations ponctuelles et urgentes, les services de police et les sapeurs-pompiers de Paris se font un devoir de faciliter la rapidité des secours en arrêtant la circulation automobile aux abords d'un établissement hospitalier ou sur les lieux mêmes d'un accident où ils créent une hélisurface [1]. L'hélicoptère est l'un des maillons de la chaîne de solidarité dans l'ensemble très vaste des services publics de secours.

« A ce carrefour, du fait de l'atterrissage de Dragon 751, quelques automobilistes ont été gênés environ cinq minutes. Bien informés, ils ont compris.

« Le lendemain, le même équipage se pose directement sur une pelouse de l'hôpital Trousseau avec un autre enfant en détresse. Une panne de radio HF fait que le rendez-vous pour l'organisation d'une hélisurface n'a pu avoir lieu. Vu l'urgence — l'enfant transporté a absorbe un produit toxique — le pilote décide d'atterrir dans l'hôpital. Sans problème, sinon des remontrances de la part des responsables de l'administration de cet établissement... Mais pour l'équipage, il est plus important de « courir » vers les urgences !

« Pendant le temps du transfert de l'enfant entre les médecins du SAMU et ceux du service de réanimation, le pilote et le mécanicien demandent et obtiennent l'autorisation de rendre visite au petit Renaud admis la veille. Les nouvelles sont bonnes ; l'espoir est là. Avec les parents, ils se font des signes derrière les vitres du sas. Et puis, trois mois plus tard, Renaud est revenu chez ses parents où, avec beaucoup d'amour, ceux-ci lui réapprennent patiemment les gestes de tous les jours. »

* * *

1 Voir a ce propos la photographie du boulevard Poissonnière, a Paris, neutralisé pour l'atterrissage d'un hélicoptère de la Sécurité civile

« Lundi 12 août 1985, 19 h 55 : Dragon 751 se dépêche : il lui faut aller chercher à Cosne-sur-Loire, à 170 km de Paris, un petit garçon de 9 ans brûlé à 80 % par l'explosion d'une bombe de cire liquide. Son état nécessite de toute urgence le transport vers le Centre hospitalier militaire de Percy, à Clamart, près de Paris. Le retour se fera de nuit. Il faut donc s'activer pour arriver de jour et tout faire pour repartir de même. Tout le monde fait le maximum. Même la météo est gentille...

« Nous atterrissons à Cosne-sur-Loire à 21 h 10. Il reste 25 minutes de clarté. Les médecins préparent le jeune brûlé pour l'embarquement. Malgré tout son appareillage, le garçon semble aller bien et il se montre curieux de tout ce qui se passe dans la cabine de l'hélico.

« 21 h 35 : la nuit est là. Décollage pour Percy. Le mécanicien s'affaire avec les médecins pour améliorer le confort de l'enfant qui paraît émerveillé par toutes les « loupiottes » de la machine. Il installe la civière en position semi-assise et l'observe. Après environ cinq minutes de vol, les problèmes surgissent : détresse respiratoire du jeune blessé. Il faut envisager l'atterrissage, lequel se fera dès que possible sur le terrain non balisé de Briare, cinq minutes plus tard. Cinq longues minutes noires. A bord, le mécanicien-sauveteur-secouriste démontre son efficacité.

« Approche à la croisée des pistes à proximité de l'aire à signaux, dans le noir complet. Atterrissage et arrêt rapide du rotor. Une maison s'éclaire. On évacue l'hélico, la civière est extraite et posée sur le sol. Tous s'affairent à la lueur des lampes-torches ; la réanimation se poursuit ; le mécanicien fait « un miracle » avec l'oxygène ; les médecins reposent les voies veineuses, poussent les drogues ; le pilote essaie d'éclairer les « objectifs » où les trois autres interviennent. Les habitants de la maison proposent leur aide, leurs lampes-torches. Tout est bienvenu.

« 22 heures : après dix minutes de soins, la « machine humaine » repart. Le danger est écarté. Redécollage à destination de Percy où, après un voyage de cinquante minutes, notre jeune passager est admis dans cet excellent hôpital spécialisé où l'on soigne les grands brûlés. »

43

# LES BOMBARDIERS D'EAU

22 avril et 20 août 1985 : deux jours de deuil pour la Sécurité civile. Le 22 avril, en fin de matinée, dans les Corbières, au-dessus du village de Fitou, à la frontière des départements de l'Aude et des Pyrénées-Orientales, un DC.6 de la base de Marseille-Marignane s'écrase. Ses occupants périssent dans l'accident. Leur mission consistait à aller inspecter les « Pélicandromes »[1] de la région. Le 20 août à Gignac-la-Nerthe (Bouches-du-Rhône), un Tracker de la base de Marignane qui allait combattre un incendie s'écrase. Le pilote et le mécanicien sont tués.

* * *

24 juin 1963 : la base bombardiers d'eau[2] de Marignane est officiellement inaugurée par le Service national de la Protection civile (voir plus loin le chapitre : « Avec les Pompiers du Ciel » : Dragon... Ici Pélican ! »). Cette base dispose alors de deux Catalina PBY-5A, des hydravions

---

1. Aires de ravitaillement en eau et retardant pour les appareils engagés dans la lutte contre les incendies de forêts. « Pélican » est à la fois l'indicatif radio et le surnom des hydravions bombardiers d'eau.

2. Pour plus de détails sur les bombardiers d'eau, on lira avec intérêt l'ouvrage de Jean-Gabriel Jeudy : « Les pompiers du ciel » (Editions Ouest-France).

construits par Consolidated Aircraft, Boeing et U.S. Naval Factory aux Etats-Unis et Vickers au Canada, puis transformés par Field Aviation (adjonction de deux réservoirs intérieurs de 3 630 litres d'eau et d'une écope escamotable). L'année suivante, deux autres Catalina, des PBY-6 A (4 100 litres d'eau) aménagés en France par Héli-Service sont achetés par l'Entente interdépartementale pour la protection de la forêt provençale et corse et affectés à Marignane. Par la suite, quatre autres 5A loués au Canada rejoindront la flotte.

Le Catalina sera en service jusqu'en 1970. Dès juin 1969, il commencera à être remplacé par un nouvel appareil : le Canadair CL.215, une « étrange machine à la silhouette d'un autre âge », pour reprendre la formule du pilote Hubert Bolzinger.

Construit au Canada sur la base d'une étude menée par les administrations américaines et canadiennes des forêts, le bimoteur amphibie CL.215 fit son premier vol le 23 octobre 1967 à Montréal. Le Service national de la Protection civile s'intéressa aussitôt à ce nouveau bombardier d'eau dont quatre exemplaires arrivèrent à Marignane en 1969. Ils sont onze aujourd'hui, au Groupement aérien, ces avions jaunes bien connus qui participent à la lutte contre les incendies de forêts, une lutte hélas sans cesse renouvelée comme les graves événements de l'été le rappellent.

Propulsé par deux moteurs à 9 cylindres en étoile Pratt & Whitney de 2 100 ch, le Canadair CL.215 est muni de deux réservoirs amovibles d'une capacité totale de 5 500 litres. Ces citernes peuvent être remplies soit par écopage — en moins de dix secondes — sur un plan d'eau, soit à terre et vidées en une seconde sur un feu par deux trappes de 1 m 60 sur 80 cm.

*Caractéristiques.* — Longueur : 19 m 82 ; hauteur : 8 m 98 ; envergure : 20 m 60 ; masse à vide : 12 700 kg ;

vitesse maximale : 190 nœuds (164 en charge) ; distance franchissable : 2 000 km ; autonomie : quatre à cinq heures.

Certains modèles disposent, sous les ailes, de rampes d'épandage pour la pulvérisation de produits chimiques comme les dispersants (contre la pollution par hydrocarbures) et les insecticides.

Les Canadair sont en service dans une douzaine de pays, non seulement pour le combat contre les incendies mais aussi pour les recherches et les sauvetages en mer (voir le chapitre : « Le Dauphin et le Pélican »).

A partir de mai 1982, un autre avion apparaît dans le parc du Groupement aérien : le Grumman Tracker, un bimoteur construit par la firme américaine Grumman Aircraft Corporation qui a produit un grand nombre d'avions civils et militaires dont certains sont restés célèbres.

Dévolu à l'origine à la lutte anti-sous-marine, le Tracker — dont 1 300 exemplaires ont été fabriqués — a été transformé, voici une quinzaine d'années, en bombardier d'eau. Huit de ces avions sont actuellement en service à la Sécurité civile, le dernier étant arrivé en 1985. Le neuvième, ainsi qu'on l'a dit plus haut, a été accidenté le 20 août 1985, entraînant la mort de deux hommes.

La version Firecat (transformation par Conair) est équipée de deux moteurs Wright Cyclone à neuf cylindres de 1 525 ch.

*Caractéristiques.* — Longueur : 12 m 80 ; hauteur : 4 m 87 ; envergure : 21 m 23 (8 m 30 lorsque les ailes sont repliées) ; autonomie : 4 h 30 + 45 mn de réserve ; vitesse maximale : 450 km/h (315 km/h en charge) ; masse au décollage : 11 900 kg ; capacité en eau : 3 400 litres.

Le Tracker, qui est peu gourmand en longueur de roulement — environ 800 mètres lui suffisent pour décoller — est « chaussé » de pneus basse pression qui lui permettent de s'accommoder de pistes non bétonnées. Au surplus, sa disponibilité est très rapide : quelques minutes pour la réchauffe des moteurs.

Autre avion, plus important celui-là, en service au Groupement aérien : le Douglas DC.6.

Depuis 1920, année de sa fondation, la firme américaine Douglas a produit un nombre considérable d'avions civils et militaires dont le plus célèbre sans doute fut le fameux DC.3 Dakota qui vola pour la première fois en 1935 et qui fut construit à... 13 000 exemplaires ! Certains sont encore aujourd'hui en état de vol.

Rien apparemment ne prédestinait le quadrimoteur DC.6, long-courrier transatlantique qui inaugura notamment les liaisons transpolaires en 1954, à de pareilles tâches de lutte contre les incendies de forêts. C'est en 1977 que la Sécurité civile fit procéder à l'expérimentation (par UTA-Industrie) de cet appareil qui est actuellement le plus gros bombardier d'eau en France avec sa capacité d'emport de 12 000 litres.

*Caractéristiques.* — Quatre moteurs Pratt & Whitney. Longueur : 32 m 30 ; envergure : 35 m 80 ; masse à vide : 28 000 kg ; vitesse de croisière : 407 km/h.

Quatre DC.6 ont été acquis par le Groupement aérien et sont venus renforcer la flotte des « Pompiers du Ciel » à Marignane entre 1980 et 1982. Comme nous l'avons indiqué en tête de ce chapitre, l'un de ces quatre avions a été détruit et son équipage anéanti lors de l'accident du 22 avril 1985 dans les Corbières.

## 44

## LE DAUPHIN ET LE PÉLICAN

A Marseille, les deux bases de la Sécurité civile (hélicoptères et bombardiers d'eau « Canadair ») sont proches l'une de l'autre et leurs appareils travaillent en étroite collaboration dans la lutte contre les incendies de forêts.

Depuis peu, le Groupement aérien a fait l'acquisition d'hélicoptères d'une génération nouvelle : les « Dauphin ». L'un d'eux est affecté à Marseille mais il n'est pas opérationnel pour les missions de secours car il ne possède pas encore le treuil, équipement indispensable dans certains types d'intervention.

Le 16 juin 1983, l'équipage hélicoptère Christian Lavignac et Gérald Pottier est de permanence. Leur Alouette III n'est pas en état de vol : Pottier effectue en effet une réparation sur la tête du rotor. C'est la fin de la journée, son travail est presque terminé lorsque le téléphone sonne. Lavignac, le pilote, prend la communication : on lui demande d'intervenir au large de Port-Saint-Louis-du-Rhône pour une recherche en mer. Deux véliplanchistes sont portés disparus.

— C'est d'accord, répond Lavignac. Mais il y a un problème : notre Alouette est indisponible. Nous avons le Dauphin mais sans le treuil de sauvetage.

— Tant pis, lui dit-on. Il ne reste qu'une heure de visibilité. Les pompiers ont récupéré l'un des naufragés avec leur bateau. Il faut absolument repérer le second avant la tombée de la nuit.

— O.K., dit Lavignac.

Quinze minutes plus tard, le Dauphin décolle avec un plongeur sauveteur à bord.

Par radio, le mécanicien Gérald Pottier demande des renseignements complémentaires : vers 18 h, deux véliplanchistes se sont trouvés en difficulté à deux kilomètres au large de la plage d'Arles, près de l'embouchure du Rhône. L'un a effectivement été recueilli par le bateau de secours des pompiers mais l'autre est resté sur sa planche. Son signalement : il est torse nu, en short et en baskets. Compte tenu du mistral et de la température de l'eau, il faudrait le localiser sans tarder.

A 100 mètres d'altitude, l'hélico commence les recherches, parallèlement à la côte. Rien en vue. La personne recueillie par les sapeurs-pompiers était dans le courant du Rhône qui est assez fort. En deux heures, une planche peut ainsi dériver sur plus de 10 km.

— Je mets le cap sur l'embouchure plein sud pendant cinq minutes, raconte le pilote. Et je demande à Gérald : « Tu te rappelles du Tabur l'année dernière ? On l'avait retrouvé cinq semaines après à Toulon mais vide... »

— Je n'ai pas beaucoup d'espoir. Il faut trouver très vite. Le jour s'obscurcit déjà et la zone à couvrir est encore vaste. Le chrono défile : 4 mn 30. Il va falloir faire demi-tour.

C'est alors que Gérald Pottier s'exclame :

— Regarde à gauche : je crois qu'il y a quelque chose de blanc. Ce n'est pas une vague... Encore à gauche, là devant nous...

— Tu as raison.

Droit devant, l'équipage aperçoit en effet une planche sur laquelle quelqu'un est accroché. L'hélico descend et exécute un premier passage. Le naufragé se redresse et fait de grands signes. Maintenant le Dauphin juste au-dessus de lui en stationnaire, le pilote demande aux pompiers par radio l'intervention d'un bateau :

— Merlin Port-Saint-Louis de Dragon 132[1] : nous avons repéré le véliplanchiste à une quinzaine de kilomètres au large. Pouvez-vous envoyer votre bateau ? Je vous rappelle que nous n'avons pas de treuil de sauvetage.

— Négatif pour le bateau : la mer est trop forte. Tout à l'heure, nous avons failli couler en allant repêcher son compagnon.

A bord du Dauphin, il ne reste plus à l'équipage qu'à improviser. Le plongeur sauveteur est mis au courant de la situation.

— Si je n'y vais pas, dit-il, demain on ne retrouvera qu'un cadavre. Je vais sauter et vous m'enverrez le canot pneumatique.

On ouvre la porte et il saute à la mer.

Un autre message est capté à la radio :

— Dragon de Crossmed[2] : la Marine peut vous envoyer le *Louis Collet* mais il lui faudra trois quarts d'heure pour arriver sur les lieux. La vedette de Carro également mais pas avant une heure au moins.

— C'est long et il fera nuit, répond le pilote. Je vais voir ce qu'on peut faire et je vous rappelle.

L'hélico descend le plus bas possible, guidé par le mécanicien de bord. Si le naufragé tient debout sur la

1. Dragon : indicatif radio des hélicoptères.
2. C.R.O.S.S.Med. : Centre régional opérationnel de surveillance et de secours en Méditerranée.

planche, il pourra peut-être s'accrocher au train d'atterrissage...

Le plongeur assiste le naufragé pour cette manœuvre : il l'aide à s'asseoir sur la planche puis à se tenir debout. Mais l'homme glisse et retombe à l'eau.

— C'est raté, dit le mécanicien. Tant pis, je largue le canot.

L'embarcation pneumatique se gonfle immédiatement. Le plongeur et le véliplanchiste y prennent place.

L'équipage du Dauphin imagine une dernière tentative au moyen d'une corde. Alors qu'il s'apprête à cette nouvelle manœuvre, trois bombardiers d'eau de type « Canadair » passent dans les parages. Les deux hommes se regardent. Ils viennent d'avoir la même idée : si seulement l'un de ces hydravions pouvait amerrir à proximité des deux hommes...

Par l'intermédiaire de la tour de contrôle d'Istres, Christian Lavignac entre en contact avec les Canadair. Qui répondent :

— Dragon de Pélican [3] : je vous reçois. Avons compris la situation. On arrive tout de suite...

L'un des trois hydravions quitte la formation et se dirige vers l'hélicoptère. Piloté par l'équipage Grelot-Genton, le Canadair se pose sur l'eau dans une gerbe d'embruns, avec une grande précision et s'arrête à une trentaine de mètres du pneumatique. Le plongeur quitte alors le canot et, en palmant avec vigueur, l'amène vers la coque de l'hydravion. Les deux hommes embarquent et le décollage se fait sans problème.

Dans le Dauphin, l'atmosphère se détend. Le pilote et le mécano sont tout étonnés d'avoir assisté à un sauvetage unique en son genre : ce n'est pas tous les jours qu'un

---

3. Pélican : indicatif radio des Canadair

bombardier d'eau va à la pêche au naufragé... Et Lavignac rend compte aux responsables des secours du bon déroulement de cette originale intervention.

Pendant ce temps, dans le hall de l'aéroport de Marignane, la famille du véliplanchiste attend avec impatience. Quand arrive le rescapé, protégé sous une couverture, on comprendra mal comment, parti en planche à voile, retrouvé par l'hélicoptère, réfugié dans un canot pneumatique, il a enfin été récupéré par un hydravion ! Une drôle d'aventure.

## 45

## AVEC LES POMPIERS DU CIEL : « DRAGON... ICI PÉLICAN ! »

Dragon, Pélican : ces deux symboles de légende ont engendré la réalité du Groupement aérien du ministère de l'Intérieur, le G.A.M.I.

Le Dragon hélicoptère a fait naître le G.A.M.I., le Pélican avion bombardier d'eau l'a fait grandir. Et aujourd'hui, Alouette III, Dauphin, Ecureuil, Canadair, DC.6, Tracker vivent fréquemment une mission commune : la préservation de la forêt pour la survie de l'homme.

Hubert Bolzinger, pilote à la base de Marseille-Marignane, apporte son témoignage.

* * *

La base de bombardiers d'eau de la Sécurité civile est, à un exemplaire, installée à Marignane, depuis sa création en juin 1963.

Le Catalina a été son premier instrument. Cet ancêtre n'est pas oublié. Ses successeurs, le Canadair CL.215 à partir de 1969, le Douglas DC.6 en 1979, le Grumman Tracker en 1982, ont cependant estompé quelque peu l'épopée du vétéran amphibie de la Deuxième Guerre Mondiale, aidés en cela par la loi du nombre.

L'aire de stationnement de la Base Avions de Marignane est ornée de onze CL.215, trois DC.6, huit Tracker qui voisinent avec les trois voilures tournantes de la base de Dragon 13.

Les dix pionniers de 1963 ont, eux aussi, proliféré : un peu plus de deux cents « Pompiers du Ciel » ont désormais la tâche de préparer et d'animer les missions des Pélicans amphibies ou terrestres.

Pourquoi « Pélican » ? Et bien parce que ce nom de baptême, d'abord radiophonique, rappelait la similitude entre la capacité du bec extensible du palmipède et les soutes replètes du bombardier d'eau. Et puis il y avait aussi chez ce dernier une abnégation semblable, reconnue à l'oiseau dans l'Antiquité et immortalisée par Alfred de Musset au XIXe siècle.

Le Pélican est devenu, en 1970, l'emblème de la Base Avions de la Sécurité civile de Marignane. Cette base est implantée au cœur même des massifs forestiers du Sud-Est de la France : forêts de pins, de chênes, de mimosas, garrigues, maquis, qui ont tant à redouter du vent, de la sécheresse, de l'inconscience de l'homme, en toutes saisons.

Le Sud-Est oui, mais aussi les points cardinaux de l'hexagone qui ont demandé l'intervention de ces étranges machines à la silhouette d'un autre âge : la Savoie, les Ardennes, la Bretagne, les Charentes, les Landes, le Quercy, le Limousin, le Velay ont fait appel au matraquage aérien des Pélicans largueurs d'eau.

La base de Marignane, outil national, est prête, à tout moment, à intervenir dans une bataille lointaine, au besoin hors des frontières. Aujourd'hui, dans le cadre de ce livre, elle va revivre une journée de son histoire, une journée au cours de laquelle va se jouer une pièce qui aurait pu être une tragédie. Les acteurs l'ont toujours en mémoire. Le décor, hélas réutilisé, est une forêt proche de Marignane, entre Aix-en-Provence et Marseille.

* * *

Juillet : le début des vacances pour les uns, le départ de grands combats pour d'autres, eux les Sapeurs-Pompiers terrestres et les Pompiers du Ciel.

L'aube est à peine levée sur l'aire de stationnement contiguë à l'aérogare de Marseille-Marignane. La flotte des bombardiers d'eau est au complet. Avant que le soleil n'apparaisse, les mécaniciens ont sorti du hangar leur troisième appareil qui a subi une courte révision. Ils vont se reposer, d'autres prennent la relève. Grâce à ces travailleurs de la nuit, les Pélicans sont tous disponibles, tous là ou presque tous puisque quatre d'entre eux, quatre Canadair, ont rejoint depuis deux semaines leur détachement de l'été à Ajaccio ; deux Tracker sont à Perpignan depuis la veille, deux autres à Aubenas. Le Centre interrégional de coordination opérationnelle de Valabre, près d'Aix (en abrégé : le CIRCOSC) a déjà tracé les lignes générales de son plan de riposte. La journée devrait être rude.

Les fumées du complexe pétrochimique de Berre sont aplaties : mauvais signe ! Les bombardiers d'eau sont secoués dans leurs cales. Le mistral, après quelques heures de demi-sommeil, a repris sa course au galop. Le soleil est pourtant bas sur l'horizon. Le vent de Nord-Ouest souffle déjà en rafales de près de 70 km/h.

Les équipages sont arrivés peu après l'aube. Pendant que les mécaniciens navigants prennent en charge leur machine respective, les pilotes scrutent le tableau « Opérations » : 10 h décollage prévu d'un DC.6, mission : R.A.V. (en clair : reconnaissance à vue) sur les axes Alpilles-Sud

Cévennes-Massif du Lubéron. 10 h également : décollage de deux Tracker : R.A.V. Est Varois. Ces vols préventifs sont aussi appelés « Guet Armé » parce qu'ils complètent la vigilance des guetteurs juchés sur leurs miradors au sommet des plus hauts reliefs et parce que leur première attaque du feu naissant étouffe ou ralentit la progression des flammes.

A l'heure dite, avec peut-être deux ou trois minutes d'avance — le fameux « pied de pilote » (!) — les trois machines s'arrachent de la piste principale de Marignane, leurs soutes remplies d'un précieux mélange nommé « retardant » : cette potion magique a la propriété « d'ignifuger » la végétation.

Les équipages restés à terre sont dans leurs « starting blocks », l'oreille bien orientée vers la sirène qui remplace, ici, le pistolet du starter !

11 h : le vent a pris une allure de très, très grand galop. La Météorologie nationale ne s'est pas trompée. Quelques pilotes et mécaniciens rôdent autour du P.C.OPS (Opérations) où la radio capte les messages des avions de guet armé destinés au CIRCOSC :

— Ici Pélican 63, verticale Alès, R.A.S.

— Ici Tracker 3, verticale Brignoles, R.A.S.

12 h : le déjeuner a été vite expédié. Retour aux « OPS ». Les nouvelles ?

— Le Tracker 3 a étouffé un feu, dans l'œuf, région de Collobrières, a renouvelé sa charge sur le terrain de Hyères et a repris sa patrouille. Il lui reste deux heures d'autonomie, son remplacement est déjà prévu si...

Cette réflexion du contrôleur-opérations est interrompue par un appel du CIRCOSC à la base :

— Décollage immédiat de trois Canadair et un DC.6 : feu dans la banlieue Ouest de Marseille !

Le doigt sur la commande de la sirène : sa modulation

décrète la mobilisation. Il est à peine 12 h 30. La diffusion générale restitue l'ordre donné par « Valabre ».

— Cela doit se passer près de l'Estaque, mauvais coin par mistral, murmure un ancien.

— On va aider les marins-pompiers du Bataillon à ne pas couler, dit un autre.

Le remue-ménage est semblable à celui qui règne dans une fourmilière dérangée par le coup de pied d'un promeneur. Marche rapide des équipages vers leurs appareils, montée à bord, échelles rentrées. Le « pouet » (prononcer « pouette »), auxiliaire de démarrage, fait entendre le bruit particulier d'échappement des gaz qui lui a valu ce sobriquet. Les pales d'hélices commencent à tourner lentement, comptées 3, 6, 9, 12, avant que le moteur, saisi d'un ou deux soubresauts, ne prenne son régime de ralenti. Il leur faut quelques minutes de mise en température à ces mécaniques à 18 cylindres pour pouvoir solliciter leurs 2 000 et quelques chevaux.

Le DC.6 se dirige vers la station de remplissage où il engloutit 12 000 litres de potion magique en six minutes ! Les Canadair, quant à eux, iront écoper leurs 5 500 litres sur l'Etang de Berre, tout à côté.

Depuis l'appel de la sirène jusqu'au décollage du premier CL.215, il s'est à peine écoulé quinze minutes. L'officier de quart de la tour de contrôle a, il est vrai, très amicalement retardé un tout petit peu l'atterrissage d'un Airbus venant de Paris.

Pour les Pélicans amphibies, l'écopage sur « l'Etang », même avec ce vent, c'est presque un délice... Bien sûr, il y a quelques « marches », des vagues hautes de 1 m 30 à 1 m 50. Cela tape la coque, secoue rudement les ailes mais le Canadair a été conçu pour résister à des clapots de deux mètres au moins, alors...

Le DC.6 décolle à son tour et, à la queue leu leu, les quatre Pélicans mettent le cap vers le Sud où l'horizon est surmonté d'une volute presque noire : le feu de garrigues caractérisé.

« Voici le « chantier » où s'affairent déjà, du côté accessible, les véhicules du Bataillon. Au Nord, point de départ du sinistre, une lisière de flammes de 200 mètres en V inversé assez pointu ; à l'Est, 150 à 200 mètres de front de feu assez droit qui menace un petit lotissement : c'est là où se sont mises en batterie les forces terrestres. Accès pas facile tout de même. A l'Ouest, un terrain fortement escarpé où les flammes sont les plus virulentes en progressant en zigzag. Au Sud heureusement, on devine, sous la fumée, une zone rocheuse dénudée, une barrière naturelle.

Deux ou trois tours d'orbite de la « noria » d'avions ont été mis à profit pour jauger l'adversaire, l'étendue consumée : il faut déjà penser au compte-rendu de la mission !

— Au travail les Pélicans... !

Dragon 133, l'Ecureuil, venu de Valabre, a pris à son bord l'autorité du Bataillon de marins-pompiers, le « Pacha » (c'est un marin). Par radio, ses consignes sont brèves, précises. Il a la charge de la coordination terrestre et aérienne.

— Pour le DC.6, une barrière de retardant au nord sur la crête. Le feu semble en effet remonter au vent.

— Pour les Canadair, matraquage sur la lisière Est pour calmer les flammes et faciliter la progression des troupes au sol. L'Ouest après...

Le « Bien compris » du chef de la noria donne le signal de l'offensive. Le DC.6 se présente sur son objectif, il vire, descend, descend encore : 100 mètres, 60 mètres, 40 mètres au-dessus du sol, à 240 km/h : c'est lent pour une masse de 46 tonnes, perpendiculairement au vent violent ; il faut tenir compte de la dérive.

On le voit secoué par ces turbulences qui briseraient un avion léger. Et subitement un flot rouge, très dense, s'échappe par séquences de ses huit compartiments. Au sol, une trace bien visible de 300 mètres matérialise la barrière d'arrêt contre laquelle le feu viendra buter. L'avion repart vers Marignane pour faire un nouveau chargement.

C'est au tour des Canadair.

— Votre objectif : la lisière Est, du haut vers le bas de la pente, indique Dragon 133.

— Bien reçu, répond le premier des CL.215.

— Pas facile, dit le pilote à son mécano. Et il précise pour ses deux équipiers :

— Présentation de l'Est vers l'Ouest, virage à gauche pour le largage et le dégagement. Il y aura un petit paquet de fumée à traverser. Pas de lignes électriques.

Les trois Pélicans, à intervalles d'une vingtaine de secondes, empruntent le même chemin : c'est un impératif absolu pour éviter le danger de collision dans des conditions de visibilité quelquefois très réduite.

L'attaque de ces largueurs d'eau est différente de celle du DC.6. Le retardant est en effet posé en dehors du front de feu. Utilisant l'eau, il faut viser la flamme, la souffler par effet mécanique — 400 kg/mètre carré — provoqué par le largage instantané de 5 500 litres à faible hauteur — 30 mètres — et à faible vitesse — 180 km/h.

Après le passage d'un CL.215, une fumée blanche remplace la fumée noire, les flammes sont réduites à pas grand chose. En principe... Mais quelles secousses ! Sous le vent du relief existe une zone de rabattants, des « trous d'air ». Les instruments de vol ne servent plus guère : il faut les percevoir avec le corps, augmenter ou diminuer franchement la puissance des moteurs, piloter presque brutalement l'avion pour le garder à quelques dizaines de mètres près de la trajectoire idéale.

Dragon 133 guide cette attaque, surveille, annonce le résultat, conseille :

— Pour le prochain, un peu plus long, plus à gauche.

Les trois largages effectués, une bande d'une centaine de mètres de lisière est moins active.

— A vous les marins, pour la finition...

— A nous l'écopage !

Devant, la mer toute blanche d'écume. Le choix est fait : c'est dans le port de Marseille que se rempliront les amphibies. A l'abri de la grande jetée, où sont amarrés deux gros pétroliers, le clapot est raisonnable. Ce n'est pas grand. Qu'importe : le remplissage des 5 500 litres par écopage ne dure que dix secondes ! En hydroplanant à une vitesse de 110 km/h, l'eau pénètre en force dans les deux soutes par deux petites écopes, format 11 cm × 7 cm (par où est-il passé ce plongeur retrouvé ensuite dans une forêt de l'Ardèche ?...). Avec le coefficient de sécurité, 1 500 mètres écopables suffisent et deux mètres de profondeur : étonnant n'est-ce pas ?

Si bien que cinq minutes après leur premier largage, les Canadair font leur deuxième présentation. La chance est là : la lisière Est est bien nettoyée. Et maintenant à l'Ouest : certainement pas facile mais surtout plus long. Les troupes au sol n'en ont pas l'accès. En effet, pas moins de seize largages, en vingt minutes, seront nécessaires pour que la situation soit déclarée sans objet pour les bombardiers d'eau.

Le DC.6 n'est pas revenu ; Dragon 133 a déjà quitté la zone, appelé à reconnaître un nouvel incendie au sud d'Aix-en-Provence.

Les trois Pélicans font une dernière orbite pour renseigner leurs collègues du sol :

— Pas de traces de flammes, quelques fumerons, des souches qui fument, un travail de finition et de surveillance : le lotissement peut respirer. .

En reprenant un peu d'altitude pour revenir vers Marignane, ils voient, au-delà de la chaîne des collines qui sépare Aix de Marseille, un panache de fumée pas trop élargi mais bien dense. C'est le réflexe : il faut vite reprendre de l'eau dans le port de Marseille au cas où on aurait besoin d'eux.

Le CIRCOSC, déjà, les appelle :

— Pélicans du feu de Marseille : mettez le cap immédiatement sur un chantier position Sud d'Aix-en-Provence, distance 10 kilomètres. Forêt de pins, multitude de résidences. Dragon 133 sur zone. Directeur des secours à bord demande le maximum de renfort. Deux DC.6, deux Tracker en intervention Nord de Nîmes, reliquat quatre Canadair, deux DC.6 en réchauffage moteurs vont vous rejoindre. Prenez contact avec Dragon 133 en arrivant sur zone.

Les trois Pélicans ont déjà pris une route vers le Nord-Est. Dix minutes à peine les séparent du feu.

— Bien compris, répond le leader de la formation.

— Une fois de plus, le parking de la base va être vidé en quelques minutes, dit-il à ses coéquipiers.

Ils sont proches maintenant et distinguent une colonne de fumée beaucoup plus arrondie qui est couchée par le vent. Les habitants d'Aubagne vont avoir un soleil voilé, s'interrogeant même sur la proximité du feu.

Dragon 133 prend la vue des trois Canadair :

— Pélicans, ici Dragon 133, visuel sur vous, conditions de turbulences moyennes, deux lignes à haute tension orientées Nord-Sud noyées dans la fumée à la pointe du feu qui court vers une zone d'habitation à haute densité. Les DC.6

vont traiter au retardant la lisière Est assez plate. Les Canadair prendront le côté Ouest un peu vallonné ; matraquage, les maisons ne sont pas loin, dans la fumée. Je répète : attention aux lignes à haute tension côté Ouest. Je les baliserai.

Canadair et DC.6 venus de Marignane s'annoncent à leur tour. Alors la ronde commence. Il faut régler chaque passage de DC.6, de Canadair. Dragon 133 se multiplie, fait merveille, règle les intervalles. La visibilité n'est pas fameuse. Mais chaque largage semble faire mouche.

On devine un mouvement de camions qui semblent affluer, surtout vers les habitations au Sud. En deux passages, les DC.6 ont posé leur barrière de retardant à l'Est. Ils vont pouvoir se remplir d'eau et aider les Canadair. Et en effet, les bombardiers d'eau grignotent petit à petit la ligne de feu. Heureusement, l'Etang de Berre n'est pas loin.

Il y a déjà pour les Pompiers du Ciel un espoir de victoire quand, sur les ondes, une voix claire se fait entendre :

— Papa Charlie — Poste de Commandement — Papa Charlie ici Détachement X-Ray : sommes encerclés par le feu, véhicules bloqués...

Court silence. Et puis la même voix, calme, répète cet appel au secours.

— Détachement X-Ray, ici Papa Charlie : votre position ?

Silence. Ont-ils reçu ce message interrogatif ? Mais où sont-ils dans cette fumée épaisse ?

Heureusement, Dragon 133 (encore lui) les a vu prendre un chemin étroit, sur la lisière Ouest. Ce sont des sapeurs-pompiers du centre de l'Auvergne venus prêter main-forte à leurs camarades de Provence. Ils sont braves mais le terrain leur est inconnu.

Comment distinguer, dans ces volutes presque noires, un camion, à fortiori des hommes ?

Dragon 133 se met en vol stationnaire, à l'aplomb du petit chemin, à la limite de la fumée. Il est courageux, le bougre : la turbine digère mal la chaleur, le manque d'oxygène. Pilote et mécanicien scrutent en vain une trace, un mouvement.

— Détachement X-Ray, ici Dragon 133 : est-ce que vous nous entendez ?

— Affirmatif, vous semblez très près, répond une voix toujours aussi calme.

Un DC.6 s'annonce, à deux minutes du feu. Il a entendu le dialogue. Il distingue l'Ecureuil, toujours immobile à quelques dizaines de mètres d'hommes qui attendent leur survie de ce seul contact, un bruit de turbine, un fil d'Ariane.

— Dragon 133, visuel sur toi, dit le pilote du gros Pélican.

— O.K., ici Dragon 133 : présente-toi, cap au Nord-Ouest, le long de la barrière de flammes, un peu avant, 100 mètres environ. Oblique 10 degrés droite, un peu dans la fumée, je te donnerai le cap de largage, toute ta charge. La ligne à haute tension 200 mètres plus à droite, une bosse à 300 mètres devant, il faudra remonter vite.

— Bien compris.

C'est la seule réponse. Habitués à travailler ensemble depuis de longues années, les équipages avions et hélicoptères se font une confiance aveugle : c'est bien le cas aujourd'hui.

Les secondes paraissent longues. La grosse masse jaune vire, s'aligne, descend. Il ne faut pas perdre de vue l'Ecureuil, c'est une sécurité. Elle descend encore : 40 mètres à peine au-dessus du terrain, pas plus bas, le largage pourrait blesser sérieusement les hommes au sol.

— Tu peux venir, un peu à droite...

Un court instant l'avion est englouti par un paquet de fumée, puis il disparaît tout à fait.

— Attention pour le largage... Top, largage !

Une seconde après cette injonction énergique, le DC.6, en léger virage à gauche, émerge du front de flammes, allégé brutalement de ses 12 tonnes d'eau : il est déjà à plus de 100 mètres de hauteur !

— C'était bon ! crie presque le pilote de Dragon 133.

En effet, la fumée noire a fait place à un brouillard blanc, coiffant le chemin de la survie.

Ce n'est pas suffisant. Trois Canadair arrivent en ligne de file. Ils ont compris ce que l'on attendait d'eux. Ils se présentent sur le même rail que le DC.6. Happés à leur tour par la fumée, à quelques secondes d'intervalle, ils suivent docilement le guidage de l'Ecureuil. Ce qu'il faut de mordant, de concentration pour garder le vol horizontal dans cette purée de pois turbulente, si bas, en résistant à la tentation de tirer sur le « manche à balai » pour gagner une altitude plus calme ! Cela se compte en dixièmes de secondes, mais que c'est long...

Le troisième Pélican a dégagé à peine que, du sol, monte le message tant espéré :

— Ici Détachement X-Ray : ça y est, la « visi » s'améliore. Nous tentons une sortie.

En effet, Dragon 133 est le premier à apercevoir deux camions presque soudés avançant lentement mais sûrement. Ils sont hors de la barrière de feu. Les hommes sautent de leurs véhicules et courent vers l'Ecureuil toujours en stationnaire, les bras levés comme pour une incantation.

— Ici Dragon 133 : êtes-vous au complet ?

— Affirmatif, affirmatif, affirmatif, répète le chef du détachement.

Ouf ! Pour tous, c'est le frisson de l'émotion d'une joie sans pareille.

Mais d'autres Pélicans arrivent : le feu n'est pas fini. Dragon 133, très près de son minimum de carburant, se dirige sans tarder vers l'aérodrome d'Aix tout proche.

Alors reprend le grignotage méthodique de ce qui reste de la lisière. Tour à tour DC.6 et Canadair préparent l'estocade. Au sol, de nombreux camions rouges ont encerclé le feu : à eux la touche finale, un travail de patience, minutieux, harassant parce qu'il peut durer de longues heures.

Il est 21 heures. Les bombardiers d'eau ont tous regagné l'aire de stationnement de Marignane. Le mistral s'essouffle enfin. Autour des Pélicans, le mouvement des mécaniciens : laver soigneusement les Canadair pour les débarrasser du sel corrosif de l'eau de mer, faire les pleins d'essence et d'huile, panser les bobos.

Dans les deux hangars, deux CL.215 sont en cours d'auscultation. Dans la salle de repos, « l'infirmerie », des hommes en rouge : les équipages ; des hommes en noir : c'est le détachement auvergnat qui a voulu, sans tarder, venir remercier les camarades aériens, des hommes noirs de cette fumée qui les a imprégnés. Etreintes et regards valent plus que de longs discours. Ils se reverront dans quelques jours pour mieux se connaître. Pour l'heure, il faut penser au repos, aux chantiers de demain. Le dernier de la journée est fini : 20 hectares de pinèdes, des dizaines d'habitations préservées, neuf hommes sauvés. Une bataille gagnée...

Dans son perchoir, le contrôleur Opérations prépare le télex qui va rendre compte à l'autorité du bilan de la journée. Une longue série de chiffres : heures de vol, nombre d'écopages, de largages, chiffres pourtant dépouillés de l'essentiel humain, sommes d'efforts, de transpiration, d'inquiétude, d'espoir, qu'ont vécu les Pompiers du Ciel.

L'horizon rouge du crépuscule s'habille de bleu nuit. Un navigant attardé regagne son vestiaire. Il passe devant la stèle érigée à la souffrance : la victoire d'aujourd'hui a été pleinement heureuse mais il y a eu, hélas, des victoires tragiques. Ce bloc de granit rappelle quelques batailles qui ont exigé le lourd prix du sacrifice humain. Il lui revient alors en mémoire des vers rédigés et adressés par une dame d'une grande délicatesse, Mary Jeannine Sale, en souvenir d'un équipage disparu en mission.

Ces vers, il les a lus et relus. Il peut les citer

*Le Pélican, nous dit la légende ancienne,*
*Donne sa propre vie pour nourrir ses enfants.*
*Ainsi chacun de vous, à tous donne la sienne,*
*Pour sauver vies et biens du danger menaçant.*

*Vous la donnez d'abord jour à jour, goutte à goutte,*
*Dans les heures passées à guetter un appel,*
*Tandis qu'ailleurs, au bord de mer ou sur la route,*
*On jouit de l'été sans un regard au ciel.*

*Vous la donnez au long d'épuisantes journées,*
*Quand il faut revenir et repartir sans fin,*
*Et sans fin écraser les flammes ravivées,*
*Recommençant le soir le combat du matin.*

*Et, par un jour d'été rayonnant de lumière,*
*Si le destin contraire a brisé votre élan,*
*Vous la donnez enfin d'un seul coup, tout entière,*
*Au flanc d'une colline, à l'heure du couchant !*

Ce texte a voulu témoigner de la bravoure des disparus du Groupement aérien ; il exhorte les vivants à gagner d'autres combats.

# CONCLUSION

Toutes les interventions des hélicoptères et des avions de la Sécurité civile ne sont certes pas aussi caractéristiques ou spectaculaires que celles que l'on vient de découvrir dans ce livre. Le plus souvent, en effet, les équipages fournissent un travail journalier de routine mais d'une grande importance, chacune des bases ayant une vocation prioritaire suivant son implantation géographique : région montagneuse, bord de mer ou plaine.

En montagne, alpinistes, pyrénéistes, simples promeneurs en été ; skieurs en hiver, sont toujours plus nombreux. Les hélicoptères y assurent la sécurité et le secours en liaison étroite avec les organismes spécialisés. Ils apportent également leur concours à la prévention et aux opérations en zones avalancheuses.

Sur les côtes, les bases de mer accomplissent elles aussi une tâche quotidienne au service des gens de mer, de la population des îles, des pêcheurs, des navigateurs, sans compter les innombrables missions effectuées chaque année pour la protection des vacanciers et des plaisanciers lors des migrations estivales.

Généralement médicalisés [1], les hélicoptères des bases de plaine interviennent à la demande des S.A.M.U. (Services d'aide médicale urgente) et des sapeurs-pompiers pour tout ce qui concerne les soins à donner sur place aux accidentés de la route et du travail, ainsi que les secours à domicile. Un exemple : plus de 700 missions de transport et de secours sanitaires ont été réalisées par une base de plaine en 1984 (Lille).

Dans le sud de la France, les hélicoptères travaillent en collaboration avec les « bombardiers d'eau » dans la lutte contre les incendies de forêts.

On ne manquera pas, bien sûr, de souligner l'importance du rôle de tous ceux qui accompagnent les pilotes et les mécaniciens lors des interventions héliportées : médecins, guides de haute montagne, gendarmes, pisteurs-secouristes, plongeurs sous-marins, maîtres-nageurs, sapeurs-pompiers. Rôle important aussi que celui de tout le personnel des services techniques et administratifs du Groupement aérien sans lesquels rien ne serait possible.

Quelle que soit sa vocation ou son implantation, chaque base remplit également des fonctions d'assistance technique pour d'autres administrations : Affaires maritimes, Service des phares et balises, Eaux et Forêts, Environnement, Equipement, Police nationale, E.D.F., etc.

Les équipages de la Sécurité civile doivent donc sans cesse — et non sans risques — s'adapter aux tâches très variées qui leur sont confiées. Pour la plupart et malgré tout, ils ont une grande motivation et un sens exemplaire du

1. C'est-à-dire transportant en permanence un médecin spécialiste de l'urgence et son matériel On citera à ce propos une remarque d'un pilote chef de base : « En quelques années, nous sommes passés de l'ère du secourisme à celle de la médicalisation d'urgence. »

dévouement en dépit des origines différentes [2], des ambitions personnelles ou des problèmes professionnels.

Il est souhaitable que les pilotes et les mécaniciens de bord du Groupement aérien puissent toujours garder cet esprit d'équipage hérité de leurs anciens et seul garant de la sûreté et de la qualité des interventions diverses qu'ils effectuent ensemble au service du public. Au service de tous.

2. Agents sous contrat, brigade des Sapeurs-Pompiers de Paris, Police nationale, Groupes mobiles de sécurité.

# *BIBLIOGRAPHIE SUCCINCTE*

## *I. — Ouvrages généraux*

BOULET (Jean). *L'Histoire de l'hélicoptère racontée par ses pionniers* (1907-1956). France-Empire, 1982.

DIEULEVEUT (Philippe de). *J'ai du ciel bleu dans mon passeport.* Grasset, 1984.

HOUART (Victor) et PETIT (Edmond). *Dictionnaire illustré de l'Aviation.* Collection Seghers, 1964.

JEUDY (Jean-Gabriel). *Les pompiers du ciel.* Ouest-France, 1984.

JOSEPHY (A.). *L'aviation et son histoire.* Préface et adaptation de Jacques Noetinger. Editions Sequoia, 1964.

LUMPERT (Jean-Louis). *Les Compagnons de l'Alouette.* Préface de Roger Frison-Roche. Arthaud, 1973.

NOETINGER (Jacques). *Histoire de l'Aéronautique française.* En trois volumes : L'Epopée (1940-1960) ; Hommes et Evénements (1940-1980) ; L'Essor (1960-1980). France-Empire, 1978, 1983 et 1984.

PETIT (Edmond). *Histoire mondiale de l'Aviation.* Hachette, 1967.

ROMET (René). *Le secours arrive du ciel.* Hatier, 1976.

## *II. — Publications spécialisées*

*Aérospatiale* (Revue).

*Air et Cosmos.*

*Aviation Magazine.*

*Avions et Planeurs.*

*L'Industrie Aéronautique et Spatiale française 1985. Les matériels aéronautiques et spatiaux.* XXXV^e^ Salon international de l'Aéronautique et de l'Espace, Paris-Le Bourget. Publications du G.I.F.A.S. (Groupe-

ment des Industries Françaises Aéronautiques et Spatiales). Editions UPE.
*Montagne et Alpinisme* (Club Alpin Français).
*Pilote Privé*

### *III. — Presse quotidienne*

*L'Alsace.*
*Le Dauphiné Libéré.*
*La Dépêche du Midi.*
*Dernières Nouvelles d'Alsace.*
*France-Soir.*
*Midi-Libre.*
*Nord-Eclair.*
*Ouest-France.*
*Le Progrès de Lyon.*
*Sud-Ouest.*
*La Voix du Nord.*

### *IV. — Publications ponctuelles*

Plaquettes éditées à Annecy (Imprimerie Gardet) : en juin 1982 pour la IIe Coupe de France d'Hélicoptères, les premières Journées Internationales de Secours héliporté et le Colloque d'Aide médicale urgente héliportée ; en juin 1984 pour la IIIe Coupe de France et l'Exposition Internationale d'hélicoptères.

*TABLE DES ILLUSTRATIONS*

les lieux mêmes de l'incident (voir le chapitre : « Panique dans les vagues »). (photo F. Delafosse).

8 — Dépose de sauveteurs à l'épaule des Drus (photo collection privée).

9 — Treuillage d'un plongeur-sauveteur sur la Côte d'Azur. Sur les côtes de France, surtout en période estivale, les interventions des hélicoptères de la Sécurité Civile sont de plus en plus nombreuses (photo collection privée).

10 — Sauvetage en haute montagne à l'Aiguille du Peigne (3 192 m). (Photo collection privée).

11 — Intervention en secours routier : l'hélicoptère permet la médicalisation d'urgence et le transport rapide des accidentés (base et SAMU de Strasbourg). (photo Jean-Claude Stamm).

12 — Départ en mission depuis l'hélistation des Bois, à Chamonix. Au fond : les Drus et l'Aiguille Verte (4 221 m).(photo collection privée).

13 — Baignade tragique : une noyée est retirée des rouleaux de l'océan (photo collection privée).

14 — Recherches en mer sur la Manche. A bord de l'hélicoptère de la Sécurité Civile de Lille (photo F. Delafosse).

15 — Une Alouette III en version médicalisation d'urgence (photo Jean-Claude Stamm).

16 — En vol dans le massif du Mont-Blanc (photo Jean-Claude Stamm).

17 — Ravitaillement d'une ferme isolée, sous la neige, dans les Vosges du Sud, par l'Alouette III de la base de Strasbourg (équipage Lechat-Guatelli). Voir le chapitre : « Dans les Vosges enneigées » (photo Jean Becker).

18 — Mission en milieu urbain (photo collection privée).

19 — En bas des falaises d'Etretat, l'hélicoptère de la Sécurité Civile du Havre s'apprête à secourir une personne prise au piège de la marée (équipage Calvet-Fery). Voir le chapitre : « Une soirée bien chargée » (photo archives Groupement Aérien),

20 — Le bout de la route : en secours routier, l'hélicoptère se pose le plus près possible des victimes, avec très souvent à bord une équipe médicale d'urgence et son matériel (base de Lille et SAMU d'Arras). (Photo collection privée).

21 — Là-haut, sur la montagne : un sauvetage au sommet du Grépon (3 482 m), au-dessus de Chamonix (équipage M. Durand-F. Delafosse). Voir le chapitre : « Un hélitreuillage à bout de souffle » (photo Jean-Claude Stamm).

22 — Au refuge du Couvercle (2 687 m), dans le massif du Mont-Blanc (photo Jean-Claude Stamm).

23 — Tués en montagne, les corps de deux alpinistes vont être ramenés dans la vallée (photo Jean-Claude Stamm).

24 — Sur un chalutier, treuillage d'un sauveteur (photo collection privée). Base de Quimper.

25 — Hélitreuillage d'une Alouette III... Victime d'une chute de pierres, l'hélicoptère de la base Sécurité Civile de Pau est récupéré par un Puma de l'armée. Voir le chapitre : « Un miracle qui mène à Lourdes ». (Photo collection privée).

26 — Quand le rocher se purge. Voir le chapitre : « Eboulement dans les Drus » (photo Jacques Cornet).

27 — « Viva la vie »... Pourtant, ce titre optimiste d'un film de Claude Lelouch (à l'affiche, ici, au cinéma Rex, boulevard Poissonnière, à Paris) n'a pas dissuadé une jeune femme, lasse de la vie, de se jeter d'un troisième étage. Policiers et pompiers ont neutralisé la circulation automobile pour créer une hélisurface momentanée et permettre à l'appareil de la Sécurité Civile de se poser (voir le chapitre : « Un des maillons de la chaîne »). Autre coïncidence : ce cinéma devant lequel évolue une Alouette III de la base de Paris annonce la sortie du fameux film d'aviation : « L'étoffe des héros »... (Photo France-Soir, Claude Champinot).

28 — Un Dauphin sur Paris (photo Jean-Claude Stamm).

29 — L'Ecureuil du Groupement Aérien. A noter : la porte à « bulle ». Voir le chapitre : « Des hélicoptères et des hommes » (photo Jean-Claude Stamm).

30 — Canadair (photo Jean-Claude Stamm).

31 — Tracker (photo Jean-Claude Stamm)

32 — DC 6 (photo Jean-Claude Stamm)

# TABLE DES MATIÈRES

ACHEVÉ D'IMPRIMER SUR LES PRESSES
DE L'IMPRIMERIE DU VAUDREUIL (EURE)
POUR FRANCE-EMPIRE, ÉDITEUR A PARIS

Numéro d'impression : 125
Dépôt légal . novembre 1985